# 北梦难寻

殷礽——著

线装书局

图书在版编目（CIP）数据

北梦难寻 / 殷礽著. -- 北京：线装书局，2022.1
ISBN 978-7-5120-4719-8

Ⅰ.①北… Ⅱ.①殷… Ⅲ.①散文集—中国—当代
Ⅳ.①I267

中国版本图书馆CIP数据核字(2021)第206143号

# 北梦难寻

BEI MENG NAN XUN

| | |
|---|---|
| 著　　者： | 殷　礽 |
| 责任编辑： | 李春艳 |
| 出版发行： | 线装書局 |
| 　地　　址： | 北京市丰台区方庄日月天地大厦B座17层（100078） |
| 　电　　话： | 010-58077126（发行部）010-58076938（总编室） |
| 　网　　址： | www.zgxzsj.com |
| 经　　销： | 新华书店 |
| 印　　制： | 天津中印联印务有限公司 |
| 开　　本： | 889mm×1194mm　1/32 |
| 印　　张： | 6.5 |
| 字　　数： | 70千字 |
| 版　　次： | 2022年1月第1版第1次印刷 |

线装书局官方微信

定　　价：49.00元

**作者简介**

　　殷礽，1998年1月生于苏州，13岁于《江南时报》发表处女作，迄今已在《青春》《新民晚报》《中学生博览》等报刊发表作品近百篇。主要从事小说、散文与诗歌写作，曾获"语文报杯"中学生作文大赛国家级二等奖、苏州工业园区"党是阳光我是苗"一等奖等奖项。

# 序

殷礽，一个名字与他所作诗文暗合着某种秘密气息的年轻的写作者，就这样通过他的文字、他的诗、他的散文，走进了我的视野和内心。

《北梦难寻》，首先是一个"寻"字。

寻，是人生的必然，每一个人的一生，都在寻。只不过每个人的"寻"并不相同，有人习惯用眼睛在纸上寻，人有喜欢以心灵在万物中感悟,也有的人,除了眼睛和心灵,还要加上两条腿,在真正的行走中寻找。无疑,殷礽是后者。

13岁开始出门远行,他在旅行中寻找,在寻找中得到启示,在启示的鼓励下,行文。因为行走,广袤的世界进入了他的文字,各地的风俗成为他的起点,结合人文历史,思考人生的哲理。川藏线的神奇之旅、大漠的苍凉之美、故都长安的文化底蕴、江南古镇的旧巷和老街满溢的水乡文化,每一道风景都充满了神韵,令人过目难忘。走过江南,生出万般感慨;穿越大漠,萌生壮士断腕的决心;川藏之旅,更是让灵魂得到了一次深度净化。

其次是一个"难"字。

难的不是可触可摸的物质与现实,难的是灵魂的着陆和归宿。但是殷礽并不怕难,因为他的行走,让他眼中有物,胸中有依,身边有各式风物人情,他可以和他们共享欢乐与孤独。行者的步伐和记录者的眼光,将历史沉重的痕迹投进了年轻的心灵,于是,殷礽的文风有了自己独特的精神价值,既有仗剑走天涯的豪气,又有江南小男生的柔情;既有心怀家园的惆怅,又有面对人文的谦卑。在大自然的行走中,作者寄情山水,行文流畅,题材多样,隐逸的情怀俯首皆是,灵魂仍然游离飘浮,但是有了方向感。

北梦又是什么。

年轻而胸怀悲悯的殷礽带着对万物的敬畏,以文字书写江南游子特有的英雄气短和儿女情长。他说,自己生在南方,却对北方的土地充满无限的向往,做了太多的梦,可又有多少梦可以实现?

《北梦难寻》中的"难寻"正是取自南浔古镇的谐音，寄托的正是他身在南国的一颗向北之心。他盼望在之后的岁月，再翻开这本书之际，会看到那些在似水年华中留下的步伐，会悟出一点点道理，让回忆变成一场场美好的人生盛宴。

年轻的殷礽，文笔老到，文思泉涌，内心饱满而又忧伤，灵魂有趣又沉重，因为饱读了诗书便如饱经了沧桑，他和他的作品，是文学大森林中一株形状奇特、枝叶扶苏的青葱茁壮的大树。

范小青

（全国政协委员、江苏省作家协会名誉主席）

# 目录
Contents

## 壹 · 旅

行者日记 _ 005

浪迹无疆 _ 039

长安,长安 _ 053

走过江南 _ 065

## 贰 · 思

惊蛰有度 _ 089

书香世界 _ 095

人间有词 _ 109

青花缠绵 _ 131

## 叁 · 情

蝴蝶来过 _ 143

壹

旅

有一道极光

通往万宇

探寻奥秘

有一群大鸟

掠过苍山

飞过大河

有一个行者

丈量土地

发现历史

有一位智者

看守岁月的门把

阿拉丁神灯

忽隐忽灭

有一双眼睛

终日扫视地球

三星堆遗址

让山海经正本清源

精卫和夸父

在历史的转角

都是东方圣人


火星人、金星人、地球人

我们都是宇宙人

| 行者 |
| --- |
| 日记 |

## 川藏线之旅

从一时兴起到办理边防证真正出发,不过花费了三天时间。

我的川藏之旅是从成都小酒馆门口的玉林路开始的。一首《成都》听了好几年,无限循环,听着听着就有点曾经沧海的落寞,往事虽能倒背如流,却也开始举杯怀旧。

不知现在的赵雷还会不会在小酒馆里再次唱起这首歌,但我能依稀看见他献唱的身影:

让我掉下眼泪的

不止昨夜的酒

让我依依不舍的

不止你的温柔

余路还要走多久

你攥着我的手

让我感到为难的

是挣扎的自由……

又或许是一个像极了他的男人在唱着这首歌。一首

《成都》勾起了多少思念啊!

花看半开时,酒饮微醉处。从小酒馆走出来,我有些许的微醉,不由自主地想到家住七宝老街的小茉莉。我们有着太多的不期而遇,又有着太多的不辞而别,痛定思痛的感觉像极限运动之后那种死而复生的庆幸,酣畅淋漓。

我和小茉莉从小学到初中都是同班同学,朝云到暮雨,春来到秋往,小茉莉笑如桃花开、泪似梨花落,我们共同经历了一惊一乍的过往、打打闹闹、分分合合,最终各奔东西、各赴人海。往事历历在目,令我再度心潮澎湃。

不知道是小酒馆成全了赵雷,抑或赵雷成全了小酒馆,这种一去不返的伤感总是令人惆怅。我专注于那种淡淡的、莫名的忧伤,此刻虽身为过客,分明就是昔日的赵雷,把手揣进裤兜,走到玉林路的尽头,坐在小酒馆门口,看

壹·旅

着人来人往。我想起从前的我们,就像风对云说一声"你好",毕业时我对小茉莉道了一句"再见"。她回到故乡的七宝老街,接着杳无音信地去了大洋彼岸继续深造,而我则选择步入职场,直面人生。幼时,我家和小茉莉家只是一个拐角的距离,我们一起上学、一起回家,能聊上好久好久,现在的话题却乏善可陈……想到这里,我朝玉林路挥一挥手,头也不回地背起行囊,开始了一场与自己暗斗的旅程,向8800多米的高峰决然挺进。

车子盘旋山间持续颠簸着,一路的风景却异常绚烂。行走在九月,令我生出莫名的感慨:既然选择了远方,就要接受前途崎岖坎坷;既然择定了目标,纵然千辛万苦,亦会义无反顾。

终于抵达川藏线。这里早晚温差极大,形成变幻莫测的两极。天上盛开的星星异常璀璨,像万亿颗宝石嵌于天穹,若在此处进行一场盛大的表白,说是穷此一生最浪漫的事也不为过啊!

看着一路上虔诚的朝拜者,突然发现我的身高竟显得如此渺小。同行的姐姐对我说:"我这里有藏红花液,你要不要喝上一口?会好很多!"我接过那神秘的琼浆一饮而尽,它对高原反应有所干预,我很快就迷迷糊糊进入了梦境。苏州城到珠穆朗玛、海平面到万米高空、暗夜到天穹……童话般五彩斑斓的画面在我的梦境此起彼伏,好不热闹。

终于,我在僧侣的诵经声中醒来,眼前布满散落在山岚中的红色房屋,像是上天的馈赠,让人为之震撼。佛学院中,僧人手中拿着经书,口中念念有词。他们中有的人发茬花白，脸上却看不出一丝岁月留痕，怕是一颗虔诚之心可令人青春长驻？我的心跟随诵经声飘至云端，缓缓化作云、化作雨、化作雪，忘却伤、忘却痛，却原来这放空的旅行竟是忘却尘世困扰的良药。

高原反应时隐时现，特别到了夜深人静时。在和高原反应的较量中，我的脑海又不禁浮现出过往的点点滴滴，其中最动人的便是小茉莉的笑靥。窗外万星密布，圆月悬在天边，生动得像是唾手可得。天空清澈、透明，晚风吹到玻璃上发出"吱吱"的响声，但心中那个声音则迫使我急切地在纸上有所表达："以梦为马，莫负韶华。"强忍高原反应的苦楚，携带满怀的憧憬，我在半醒半梦间来回切换着真实与虚幻的画面，直到阵阵寒意驱醒了新一天的行程。

我习惯了南方的冬天，就算真的冷也没几天，因而对冰雪充满了无限的期待和想象。因而眼见远山近水间一片片棉絮般的浅云绕着山腰，山巅闪着白色的光泽，积雪在朝阳的照耀下折射着晶莹剔透的钻石般的光芒，震撼不已。

车子穿过辽阔的龙灯草原、塔公草原，金黄的油菜花盛开在远处，远眺牧民们驱赶牛羊逐水草而居，还有沿途的雪山、大河以及人文的建筑，堪称川藏线一绝。大自然赋予藏区这无与伦比的美景，让人早已感受不到四季的分界。

晚饭时，好客的店家拿出了一道又一道菜，还不断报着自创的菜名。喝酒、唱歌是川藏之旅的必修课。团友们在篝火的映衬下，唱着老歌、跳着藏舞，渴了就喝上一大口透心凉的冰啤酒，饿了就吃上一大块烤羊肉，好不尽兴。

前日,我在玉林路上的小酒馆喝得微醺,现在还有点迷糊,而当酒肉穿肠而过,我的脑海又翻江倒海起来,记忆深处的小茉莉踏浪而来。此时,远在大洋彼岸的她,是否别来无恙?是否还跟过去一样喜欢流泪?是否还记得那些曾与我一起数过星星的夜晚?

窗外的星光璀璨,像是眨巴着无数双闪闪发亮的眼睛;窗内热气沸腾,声浪阵阵。我手舞足蹈庆贺着高原反应的消失,忍不住举杯邀明月,半醉之间哼唱起了歌谣:

春风吹呀吹吹入我心扉

想念你的心怦怦跳不能入睡

为何你呀你不懂落花的有意

只能望着窗外的明月

月儿高高挂弯弯的像你的眉

想念你的心只许前进不许退

我说你呀你可知流水非无情

带你飘向天上的宫阙……

回到房间,我打算将一路所见一一记录下来,谁知随身携带的走液笔居然坏掉了,难道它也起了高原反应,直接罢工了?

店主怕我喝醉,好心来敲门询问:"你还好吧?"

"多谢关心,我没事,不过确实不会喝酒,下次得注意。对了,店家有笔吗?想写点东西,但我的笔好像不听使唤了。"

店主折身跑下楼,不一会儿气喘吁吁地亲自送来一支笔,道:"好好写,记得把我写进去!"

店主满脸沧桑、一身豪情的形象早已印在我的心里,见他向我挥手告别,还不忘眨了一下星星般的眼睛。我也向他投去一个心有灵犀的眼神,内心瞬间温暖满溢,被这万里疆域的质朴人情深深感动。

清晨醒来,我打开窗户,天光已大亮,山间雾气升腾,白茫茫的一片宛如大自然对我的问候,让我恍惚觉得此处就是传说中的天堂。一阵凉气破窗而来,昨夜的腾腾热气早已烟消云散,我不禁打了个寒战,赶紧从行李箱中取出外套披在身上,拉紧拉链,下楼跟大家一起吃早饭。

店家拿来一壶酥油茶,鼓励道:"接下来你们就要去挑战一座座高山了,我衷心祝福你们好运!"说完,他走过来和我默契击掌,笃定道:"川藏线不只是挑战,它也有最美的风景线。我知道你不怎么喝酒,那我就以茶代酒,权当为你钱行了!"

尽管此处的寒冬一来就是大半年,零下二十几度就像家常便饭,但当地人的面庞却始终洋溢着笑容,纵然物质条件有限,可精神生活是富足的。与其说他们不得不和自然搏斗,不如说是和自然和平共处,他们积极地去适应这里的环境,并最终与之融为一体。

人的一生说长不长、说短不短,我们在霓虹闪烁的都市追求的很多东西不过是浮云,世俗的眼光有限,往往看不到更远的前路。每天做着重复的事情,假装地忙忙碌碌或真实地庸庸碌碌,到头来收获的只是拙劣的演技和虚伪的面具。然而在这幕天席地的川藏线上,我竟然重遇遗失多年的真实感,以及那份可以直抵灵魂深处的敬畏。

壹·旅

借助越野车的强大动力,我们像是跨上了一匹脱缰的野马,肆意飞驰。其间,我看到一位年幼的卓玛①弯着腰充满爱心地喂着土拨鼠,忍不住喊停车子,随后掏出一盒饼干跳下车,递给小卓玛。众多土拨鼠像是闻到了饼干的香味,都从洞里探头探脑地张望,用灵敏的鼻子疯狂地嗅着。爱心使然,同行的人都跳下车来饲喂这些古灵精怪的小家伙。此时,我的高原反应也奇迹般消失,不禁欣喜地哼唱起仓央嘉措的《那一世》:"转山转水转佛塔,只为今生与你相见……"

我知道前路必定充满更多的挑战,包括铁定会卷土重来的高原反应,但那又算什么呢?后来,我走过尼洋河腹

---

① "卓玛"是藏族对女子的称呼,意思是"度母",一位美丽的女神。

地，徜徉于花海，将红尘俗世抛到九霄云外。高原反应几乎如影随形伴我一路，可尽收眼底的藏东南风光却一扫生理上的所有不适。

我们终于沿着蜿蜒的雅鲁藏布江来到派镇索松村，入住了雪山下的网红酒店。当卸下行囊、喝着红酒、望着雪山的时候，那份超然世外的感觉让我觉得自己变得更加真实了。

## 雪域中的神秘诗人

神山旁蜿蜒的溪涧不停流淌，坡地上几个藏族孩子在玩耍，来来去去的牦牛、羚羊环绕着牧羊人的木屋，村中时不时有人哼唱着藏族民歌：

壹·旅

恰似东山山上月

轻轻走出最高峰

我与伊人本一家

情缘虽尽莫咨嗟

清明过了春自去

几见狂蜂恋落花

清明过了春自去

几见狂蜂恋落花……

歌声随着风儿飘进牦牛和羚羊的耳中,它们仿佛听懂了美妙的旋律,以鸣叫呼应,并挥蹄致意,为藏区平添了几分灵气与诗情。同行的大叔轻言:"这是六世达赖喇嘛仓央嘉措的诗句,藏民对这些诗歌耳熟能详,在藏区随时随地可以听到。"我不禁愕然，未承想一位做石头生意的大叔居然知道仓央嘉措，可见一代奇僧的影响力之不凡。

这位雪域的神秘诗人也曾和大多数藏童一般，跟着手持转经筒的祖母绕着神山转圈，好像一直这么走下去就能通往一个神圣之所。长到14岁，还是一个懵懵懂懂的年少郎，他就被册封为王，头顶金冠被送进了布达拉宫。

正值对风花雪月充满无限遐思的年龄，仓央嘉措似乎完全不能适应历史赋予他的身份和使命，他的所有心神都被人类最美的情愫所牵绊。这让我想起初识小茉莉的时光，她的黄头发、翘鼻梁、一口流利的上海话，无不令我情生意动。初中的时候，我瞒着父母特地去了趟上海的七宝老街，一睹了小茉莉曾经居住过的老新村。原先的旧屋早已不见踪影，仍留给我无限遐想。毕业前夕，我问她："离校

壹·旅

后,你会在苏州还是上海?"小茉莉几乎是脱口而出:"我应该会去国外继续深造,如果我们的故事还未完结,我就在大洋彼岸等你。"在过完2020年那个神奇的夏天之后,小茉莉漂洋过海去实现自己的深造之梦,而我初入职场,上演了一番跌跌撞撞的现实版"奋斗"。虽然彼此留有微信,却很少能说上几句——咦,像不像诗人的那句"少年的爱情,永远不够用"?

蜿蜒不平的山路一如生活中的起起落落,白天的美景和夜晚的灿烂相呼相应。一路上,我对细数从前越发热衷。落雨的深夜孤枕难眠,百无聊赖之际,我打开行李箱,找出仓央嘉措的诗集翻到第一页,跃入眼帘的便是"佛前美丽的哈罗花,你若是我前世的情人,我愿化身金蜂,随你常伴佛堂"。念着念着困意袭来。睡梦中,我遇见了心心念念的小茉莉,她还是像以前那样美丽,仍是与我最要好。只见她拿着大洋彼岸的毕业证书回到了生她养她的七宝镇……

现实到未来不过就是一个梦的距离,成与败也许就差一步之遥的勇气,而我们缺少的往往就是那份执念。

玛吉阿米——多么熟悉的名字啊!她必定是汇集了凡人可以拥有的全部美貌和才华的奇女子,方能让一代奇僧爱得如此专一绵长,创作出刻骨铭心的传世情诗。

仓央嘉措与玛吉阿米的爱情故事,让我情不自禁地想到《浮生六记》中沈复与沈芸娘。那年寒假,我居于苏州古城,偶然邂逅一幢并不起眼的老宅,回家查阅资料,惊觉这竟是沈复家道中落前的故居。

两对爱侣,一对是爱而不得,一对是得而不长。不由想到那句"夫天地者,万物之逆旅也;光阴者,百代之过客也。而浮生若梦,为欢几何"。每每读到此处,我总是感慨良多,为之动容。想来昙花之美正在于"一现",注定的败落让它的绚丽显得更为可贵。仓央嘉措的爱情之花亦似昙花,因而三百多年后依然被人惦念,津津乐道。

玛吉阿米在藏语中有"未嫁娘"的意思。她无疑是幸福的,却又是可叹的。仓央嘉措对她一往情深,却不能正大光明地与之相见,只能趁着月色正浓偷偷溜出布达拉宫与心上人私会。最终,这场禁恋曝光,仓央嘉措开启了漫长的囚禁岁月,化遗憾为深情,写下了众多脍炙人口的情诗。仓央嘉措和他的爱情如漫山遍野的格桑花,世世代代盛开在青藏高原,盛开在人们的心田。

轻吟着"好多年了/你一直在我的伤口中幽居/我放下

过天地/却从未放下过你/我生命中的千山万水/任你一一告别"，我又想起了难忘的小茉莉，想到七宝老街的月洞门对联"五百岁桥枕玉斧，一千年镇藏金莲"。我努力追忆着小茉莉的一双眼睛，真的好像两朵美丽的茉莉花儿，娇艳动人。

"世间的苦难原来不是苦难，只是来渡更好的有缘人！"

我跟小茉莉的故事或许在七宝老街的时候就是珍重再见了。其实，别离才是人生的主旋律，最后每个人都将迎来一场声势浩大的告别，但未必就意味着消亡，只要曾经拥有就是永恒。

活过、爱过，就是千般万般的好！

## 见与不见都是爱

一路上，听着藏族同胞演唱的歌曲，翻过重重高山，欣赏沿途绝美风光，我把自己全身心地交付给这次川藏之行。在同行小姐姐的鼓励下，我的高原反应奇迹般好转。寂寞的旅途上收获了一份友情，顿觉生命也充实了几分。

西藏人的豁达和乐观全在酒里，而不胜酒力的我，常常成为本地大叔们取笑的对象。同行的小姐姐却很仗义，频频为我挡酒。篝火的映照下，我觉得微醺的她尤其可亲。在西藏，只要有篝火，就会有歌声，有歌声自然也少不了欢声笑语的人群。突然，透过人头攒动的缝隙，我恍惚看到买石头的大叔和同行的小姐姐相偎在一起，彼此含笑说着什么。也许是少年特有的羞涩使然，也许是小茉莉还在我的心窝，并于此时给了我一记粉拳，让我慌乱地收回了目光。本想借着一场远行抛却所有的俗世牵绊，谁知走到哪里都逃不过一个"情"字。索性再次凑到篝火边，又饮上几口小酒，跟着载歌载舞的人群一起摆动着身体。摇摇晃晃中，我感到自己与星星近在咫尺，仿佛触手可及；却与大洋彼岸隔着一条万丈鸿沟，明明清晰听到小茉莉银铃般的笑声，但要向前靠近一步就会万劫不复。我的醉意渐深，眼中的火光越发蒙眬，最终化为余烬……

车子到达拉萨，同行的石头大叔因高原反应强烈而倒下了，在旅馆闭户不出，早点都是我带到他房间的。我完全看不出他和同行小姐姐发生了什么，小姐姐像往常一样对我关心备至，我微笑地回应，装作什么都不知道。

壹·旅

几天前陪石头大叔去山里买石头的时候，自己也买了一块绿松石。听说喜马拉雅山西部那边的人会将绿松石和其他一些贵重物件直接缝在女人的衣裙或儿童的帽子上，有时整件外衣的前襟都装饰着金属片、贝壳以及各种材质的珠子、扣子和绿松石。

18岁的我胸前挂着一块绿松石走在拉萨街头，就像从山里走出的少年。走进布达拉宫，我像是来到一座历史的大熔炉，逗留的时间虽短，但每一样看到的文物都熠熠发光，写满了历史的华章。我又想起仓央嘉措的名句："住进布达拉宫，我是雪域最大的王。流浪在拉萨街头，我是世间最美的情郎。"并幻想着自己顺着他偷偷溜出布达拉宫的路线，走到八廓街，举目找寻着玛吉阿米的模样。而回应我的只有川流不息的陌生面孔——是不是每个爱情最后的样子都是枉然?

走得快的话,从布达拉宫到玛吉阿米酒馆只需要几分钟,但就这几分钟,却阻隔了仓央嘉措和玛吉阿米整整一生。藏地人民粗犷率真的个性却孕育出纯美细腻的爱情,一如器皿上的别致纹路,浑然天成中又描摹出独具的匠心。

西藏,真是一个净化灵魂的好所在,我像脱胎换骨一般在冰雪消融的地方,看着山巅的皑皑白雪,感受到一种排山倒海般的静美,无法言喻。

多么盼望有朝一日,能够带着心爱的小茉莉一起来到这里,看一场秋天的童话,告诉她:我喜欢你!

壹·旅

## 川藏线杂记

出发前,友人打来电话:"想不想征服一下川藏线?""你确定?早有此心,何时出发?"友人算准我会一拍即合,很早就做起报价单,选了一家口碑不错的旅行团,为我们安排了合适的行程。

六月底的苏州已开始慢慢变热,整理好的行囊放在床边,离出发的日子每近一天就在日历本上画掉一天。眼见日子一天近似一天,内心反倒多了一丝胆怯,全程高原反应自己是否真坚持下来?看到众网友分享在川藏线上一路高原反应苦不堪言的经历,紧张感顿时扑面而来。

出发在即。友人想到我还未曾踏足成都,便把航班设置在最早一班,抵蓉时刚中午,晚上才跟团队见面,因此有一下午的时间可以在成都市内转转。在宽窄巷子吃过午餐,友人忙着去处理私事,我便独自在成都街头闲逛,傍晚折返酒店与团队会合。

第二日清晨,正式开启川藏线的行程。车很快上了高速,行驶一个多小时后,停在一座破碎的建筑前。那是一座令人见之伤怀的学校,校园中间有一座倒下的时钟,指针停在14:28。如果没有那场猝不及防的灾难,这美丽的校园配上琅琅的读书声,那情境必定很美妙吧!然而,世间从来没有如果。十多年的时光瞬息而逝,却抚平不了这片废墟,每一道裂痕就是一个被拆散的家庭,破镜终难圆。

灾难无情人有情。无数人第一时间奔赴灾区,更有国际友人伸出了援手,一时间全国乃至全球聚焦四川。汶川,

壹·旅

一个此前极为生僻的地名牵动了亿万人的心。

生者要好好活下去，旅程也将一往直前。

我们再次上路，迎面而来的是以陡峭险峻、气候恶劣而闻名的二郎山，是千里川藏线上的第一道咽喉要塞，素有"千里川藏线，天堑二郎山"之说。海拔3437米的二郎山气势雄伟，峭壁上有古树伸出，千姿百态，更有飞瀑流泉穿峡入谷，一派妖娆风光。据说建造二郎山隧道时，每天只能向前推进四米，但要打通川藏线这里又是不得不攻克的"关卡"，所耗费的人力物力可想而知。如今，通过318国道穿越川藏第一山的时间由原来的一个多小时缩短为十五分钟。穿过隧道，可以看见一座铁索桥，这不就是"金沙水拍云崖暖，大渡桥横铁索寒"中的主角泸定桥吗？当年红军战士面对敌人的围追堵截，破釜沉舟远走雪山草地，这里也成了必经之路。

同行者中有一位退伍老兵，滔滔不绝地说起当年飞夺泸定桥的情景："当时敌人气势汹汹地想要在泸定桥鲸吞我部，但英勇的红军战士一手端枪，一手从背上抽出厚厚的木板，在铁索桥上铺桥。敌人的炮火齐鸣，铁索桥上变成一片火海……"不过只言片语，已将"飞夺泸定桥"的险况描摹得八九不离十。红军战士前仆后继，最终突击队员们冒着硝烟、闯过火海终于胜利登上对岸，展开肉搏战，迅速占领桥头堡，拼死激战了两个小时，守城的敌人被消灭了大半，余者狼狈逃窜。红四团英勇地夺下泸定桥，取得万里长征中的又一次决定性胜利。红军的主力渡过了天险大渡河，浩浩荡荡地奔赴抗日最前线，也成为中国抗战史上的一首赞歌！

壹·旅

太阳慢慢升起，风儿开始呼呼作响，不远处传来西北号子声。阳光透过旅社窗帘的缝隙撒到我的脸上，痒酥酥地将我唤醒。简单洗漱后，我打点好行囊，拿着房卡走下楼，见到店主在前台像是在等待什么。

"扎西德勒！"我脱口而出这句唯一会说的藏语。

"早安啊，汉族小男孩！"店主回应道。"汉族小男孩"是昨天下午刚见面时店主对我的称呼，虽然我比他女儿的年纪大了好多，或许是觉得我的身形面庞略显稚嫩吧！

"听你朋友说，你很喜欢写东西，你会写下这次的旅行吗？"

"我觉得，我会。"

"你能把我也写下来吗？"店主露出和他年龄很不符的腼腆笑容，这种反差反而让人觉得很暖心。

"那么就让我记住你的脸，好吗？我有点脸盲……"我略带戏谑地说道。

"嗯！等你吃完早饭，走之前我们一起合个影。我去换一身汉服哈！"店主真的起身准备去更衣。

"我回去后一定把照片洗出来，珍藏着！"我觉得一定要做出保证。

"我也会洗出来。我会记住我们的约定！"藏地汉子的双眼闪着亮光，率真的个性尽显无遗。

店主女儿此刻也来到前台，招呼我道："早饭做好了，小哥哥。"随后和父亲说了几句藏语。

只见桌上整齐摆着青稞粉、酥油茶、酥酪糕。女孩儿走到我面前，手把手地教我各种吃法，我欣然效仿。青稞粉的味道非常独特，略带甜味，口感细腻，和炒麦粉差不多。酥油茶的温度不高,入口绵柔,沁人心脾。酥酪糕的味道有点犀利,对于吃惯了白粥的我来说,稍感不适。

店主好像看出我的心事,从里屋端出一个锅子道:"早餐还有一种哦!"我没顾上仔细分辨,赶紧盛上一碗,先吃了一口,感觉很奇特。说是饭,却有粥的润滑;说是粥,饭粒似又黏在一起。平时餐桌上若出现这样四不像的东西,我必定全无兴趣,然而身在高原条件有限,也顾不上色香味俱全了,一碗下肚竟毫无感觉,两碗下肚仍意犹未尽,三碗囫囵喝下去才感觉身上有了些力气,终于重获继续追赶云与月的勇气。

我从背包中拿出帽子戴上。

店主此刻也换好汉服,见了我的装束,也不知从哪里找出一顶帽子戴上,冲我笑道:"汉族小男孩,看你戴着帽子很帅，从今天起我也要戴着帽子，跟你一起帅！来，我们一起合个影！"

我拜托同行友人用手机为我们定格了此刻，转发给店主并道别，再度踏上了征程。

导游告知今天要翻过五座海拔4000多米的高山，视野足够好的话，在高尔寺山上可以看见"蜀山之王"——贡嘎山。

车子一路翻山越岭，每翻过一道就是不同的景色，有的山体光秃秃的，有的则充满生机。攀上高尔寺山，果然看见了气势恢宏的蜀山之王。近黄昏之际，我们抵达香格里拉镇。晚饭后，我跟着友人在小镇兜兜转转，商议着翌日出发至稻城亚丁景区。

近年，稻城亚丁已成网红景点，简直成为文青们的精神净土。景区内不仅有壮丽的雪山,还有辽阔的草甸、五彩斑斓的森林和碧蓝通透的海子,雪域高原的精华几乎全部汇聚于此,让人流连忘返。这片接近地球本来面貌的风光被誉为"香格里拉之魂""水蓝色星球上的最后一片净土",实至名归。

珠峰大本营的海拔只有5000多米,我们沿途的很多山峰都超过了它的高度。一路上车子颠簸到让人怀疑人生,而且天空晦暗,没能看到世界最高峰的真容,只在大本营周边拍了几张照片就匆匆离去。没有遗憾,只有对自然的敬畏、对余生的感喟!

回想这段行程,我还是会想起一路上遇见的人,他们并未为我指出捷径的方向,而是引导我积极面对前方的荆棘、丛林,不必走得很快,只要一步步循序渐进,用不了太久就能抵达目的地。

我已经跨过太多高山,深信前面一定会有温良等待着我。

# 浪迹无疆

## 大漠风吹沙

我和沙漠的缘分来自石头。

父亲喜欢把玩石头，因而结识了一群贩石头的汉子。当他们决定前往腾格里收石头的时候，父亲把 18 岁的我塞进了他们的皮卡里。从西安黄帝陵北上银川，一路上少不得苦难、凶险，全化作我对父亲的愤懑。当遭遇腾格里咆哮的沙海肆虐时,我觉得自己被逼上了一条不归路,每走一步都举步维艰。那几个汉子也是累得够呛,此起彼伏地喘着粗气。我两眼一阵发黑,赶紧喝了一口柠檬水压惊——VC水是沙漠里的续命水。

前无接应、后无援军,我只能踩着他们的脚印闷头追随。风沙中,这群蒙面大侠显得落魄而狼狈,一点没有起初想象中西部英雄"怒剑啸狂沙"的气势。这漫漫黄沙奏响了一曲悲壮的长歌,其势未出长安,已威压四海。

艰辛的跋涉中,我突然想到玄奘法师,在交通不便、没有地图指引的艰苦条件下,矢志不渝地求取真经,往返耗时17年,旅程5万里,所历"百有三十八国",带回大小乘佛教经律论共520夹、657部,一路上遭遇的凶险磨难不言而喻,没有顽强的意志和坚定的信仰,这几乎就是不可能完成的事业。大漠就是最好的磨炼，只有那些能坚持到最后的人才会走出这片寸草不生的绝望。我终于明白了父亲的苦心，把我逼上"绝路"，不过是想让我体验真实人生之残酷，若缺乏坚如磐石的意志，就难以达成目标。

大漠并非禁区，尽管黄沙有气吞河山的能量，仍会被生命的坚韧深深感动。不知名的小草奋力地从沙地的缝隙中挣扎昂头，还有成片的骆驼刺密密麻麻地分布开来，偶尔还能看到一些动物留下的足迹，更有的鸟儿掠过低空召唤着跋涉者"你不是一个人在战斗"。还有一座座沙丘笔直地伫立着，仿佛是这里的主人，阻挡着我们前行的脚步。也有滑沙爱好者自沙丘顶端向下滑，感受着速度的魅力，体验挑战带来的快感。站在沙丘上，可以看见更远的地方，也让我无理由地相信这片不毛之地对生命力的由衷敬重，任何一个能生存下来的物种都会被视为珍宝，显得尤为动人美丽。

一句"大漠孤烟直，长河落日圆"将大漠风光一语道尽，跃然纸上，只消合上眼稍微想象一下：骏马驰骋于黄沙之上，马背上的汉子挂弓负箭，一路追寻心中的理想。若说草原是至美之地，大漠则是英雄之地。

夜幕低垂，风沙终于偃旗息鼓，扑面而来的是销魂的夜空。久居都市的我早已忘了星月的面目，可这里的苍穹中却眨着无数双眼睛，它们如此遥远却像是陪在我的身边。

汉子们在远处的篝火旁饮酒当歌，我虽独自一人却觉得内心充满了热望。大漠的星空活力满满，照亮了前方的路，让我重获无穷的力量。今夜，我告别了所有烦心事，龟缩在帐篷里望着月色，聆听帐外的呼呼风声，一种从未有过的安全感瞬间袭来,安抚着我快速地进入了梦乡。

翌日睡到自然醒,迎接我的是一轮绝美的艳阳。这里看似辽阔实则与世隔绝,没有网络、信号微弱,仿佛与现代文明一刀两断。我却找回了久违的平静,毒辣的阳光也变得格外温柔,像是一位寻了好久终于聚首的老朋友。沙地上有一处闪闪发光的地方,我走过去一探究竟,若隐若现的像是一支箭。我有点恍惚,莫非这箭就是当年西征的霍去病射出的,一箭就赶走异域蛮徒,复我大汉雄风?大漠之下必定布满了无数豪杰的身躯,风沙和岁月为他们加盖了厚厚的一层荣耀,他们的风骨让这片蛮荒之地变成了不朽的丰碑。

沙漠中鲜有人迹,分布着零零落落的水源,水畔有牧民居住。另一侧有枯萎的胡杨林,风景倒也独特,一切回归了生命的本质。当我向沙漠更深处进发时，突然又忆起生活中的点点艰辛，却已不再觉得苦涩，有些苦难沉淀下来，经过一番晾晒再品似乎还生出一丝甘甜。

当父亲在机场接到我后，我从背包里拿出一堆石头，他饱经沧桑的面颊挂满了泪水。我知道，这必定是重逢的喜悦。从此，父亲把那堆石头视如珍宝，时不时就会拿出来赏玩一番。阳光下，这些形形色色的石头显得格外耀眼，散发着数道七彩光芒。每每这时，我感觉自己仿佛又回到了大漠——回过头，原来所有的苦难都是美好！

## 河西漫记

劝君更尽一杯酒,西出阳关无故人。

摩诘的文字总能做到诗中藏画、画中藏诗。朋友即将远行,一出玉门,告别的不只故人,还要迎来未知的命运,福兮祸兮?

醉卧沙场君莫笑,古来征战几人回?

河西走廊的荒凉、残酷、悲怆、豪壮,让人浮想联翩、感怀不已。我仿佛看到刀光剑影下万千人头落地的骇人场景,吸入了西域胡人牧羊鞭下疾驰的沙尘,听到月色下羌戎的胡笳、羌笛奏出的乐曲,还有那一条穿越千年的丝绸之路缥缥缈缈通向远方……

我对玉门关的感情来自对河西走廊的痴迷。遥想当年,东来西往的商旅驼队将一条两千余里的河西走廊踏出了一首首慷慨悲壮的阳关曲，何等壮观！如今来到空荡荡的玉门关，我连可以告别的故人都没有，风沙吹得我睁不开双眼，仿佛都在劝我速速折返，回到"温柔富贵乡"的南方，我却去意已决，定要深入关外大地一探究竟。

地图上近在咫尺的玉门关对摩诘所处的时代是遥不可及的，要翻过不知多少崇山峻岭才能抵达河西走廊的门户。第一次知道河西走廊是因为"河西四郡"——武威、张掖、酒泉、敦煌，它们都跟汉朝有着千丝万缕的纠缠。读过《汉史》，更是对遥远神秘的河西走廊充满着无限的向往。

河西的山是锦绣的绸缎，风则是细描的花纹。这片土地是张骞耗时十三年从风华正茂奋勇跋涉到鬓角染霜，用双脚一寸一寸丈量出来的；是霍去病统率千军万马大杀四方封狼居胥延伸的帝国国境线；是太宗在大雪皑皑下壮志未酬的伤心地；是禅宗与佛陀相见甚欢之所。河西走廊见证了太多的战争，气势恢宏的被载入史册，寂寂无闻的则成为一粒粒沙砾淹没于漫长的历史长河中，痕迹都不曾留下。

那帮石头贩子就像游牧民族，哪里有赚哪里走，走到哪里又都能遇到熟人。父亲把我交给他们的时候，不知是否捏了把汗，难道不怕他们把我也一起贩了吗？在关外，外族友人领我们入座，拿起一盏酒先干为敬，后又谈笑起本族的前世今生。对此，我很是羡慕。他们固然体验不到现代文明带来的种种便利，却能清楚地知道自己来自哪里，对明天去往何方也充满了把握。而我，一个习惯科技生活的南国游子似乎只在意眼前的得失，从没思考过"我是谁""我从哪里来"这样的问题。相比之下，我觉得自己的灵魂出现了巨大的空白。

河西走廊见证了中华民族数千年的发展历程，从张骞出使西域、苏武牧羊、霍去病封狼居胥、班超投笔从戎……直至酒泉发射火箭，它就像一座守护神，开拓着中华民族的生命之路。

## 风雪宁古塔

炎炎八月，我却来到风雪中的宁古塔，仿佛看到被流放的犯人戴着手铐、脚镣哑口无言，近乎死寂地迈着失落、沉重的脚步，经过数千里的艰辛跋涉，终于来到此生的归宿。不得不说，活着是最好的生活，希望是最好的解脱。

宁古塔的风雪没日没夜地呼号着，可这座城市却很安宁，所以才叫宁安吧！在地图上看到这个城市名，总以为和"长安"相仿，也是一片生机盎然的吉祥之地，谁知这里竟是曾令人闻风丧胆的宁古塔所在地，印象中永远是一望千里的白雪茫茫。

我自小生活在南国，小半生所经历的风雪加在一起怕是都没有宁古塔一夜来得丰厚。南国的冬天少见飞雪，一旦空中飘下雪花，瞬时就给天地渲染了几分诗情画意。然而，没有人会渴望看到宁古塔的风雪，白色的世界带来的是无尽的绝望，当年应该很少有人能从这里走出来，再度看到南国的春天吧！

从皇太极改国号为清起，国祚276年，但宁古塔的历史却比整个清朝还要长。明末时，宁古塔就有了雏形，但这里迎来真正的"繁华"还是在康乾两朝大兴文字狱时期。往往一道圣旨下来，就可以让整个家族百十口人从辉煌跌入谷底，京城距离宁古塔数千里之遥，然而只要迈出第一步就是穷途末路。此处是国之以北的极远之地，天寒地冻，土地荒凉，野兽横行，人迹罕至，经济文化十分落后，流人难以脱逃，残生只能与风雪共度。

今天的宁古塔已变成北国黑土地上一处重要的人文景观。或许是缺乏好彩头，到此一游者乏善可陈。毕竟这是一处不得善终的所在。流放至此虽存得残命一条，却已切断回归主流社会的一切可能，所有过往功名利禄一朝清零，从此成了戴罪之身，生不如死。当然，也有人心中尚存一丝希望——毕竟，宁古塔不是地狱，待到哪天帝王开恩大赦，或有重见天日之时。但不管怎样，这条发配之路险象环生,很多人走不到终点就已心力交瘁,被绝望吸干了所有骨血。

今日的宁古塔虽成为一处人文景观,更被视为一个时代的缩影:一群"不幸"之人来到极寒之地,他们或罪有应得,或蒙不白之冤,走出去的人很少,多数人的命运被漫天的风雪冰封。

如果,你有兴趣来宁古塔转转,那么请挑一个晴天!

# 长安,长安

## 柔 情

梦回大唐,开元盛世。唐人唐装,出口成章,文化成为这个国度的闪亮标签。"长安回望绣成堆,山顶千门次第开",太多念想与期盼纠缠心海,每每想起都深感荣耀,忍不住要高歌一曲。

置身夜幕下的钟鼓楼广场,身边人来车往、耳畔熙熙攘攘,却无法阻止想象力的蔓延。我仿佛看到东坊西市展示着琳琅满目的商品,奋力叫卖的小贩不但有汉人,还有高鼻梁、深眼窝的异域友人,更有漂洋过海而来的西洋商人抚摸着精美的瓷器和丝滑的绸缎啧啧称奇。盛唐时期,华夏大地国富民强,借丝绸之路将辉煌灿烂的中华文明传遍四海。彼时的长安堪称"世界第一城",比之今日纽约、伦敦有过之而无不及。各国君主、使臣、客商、僧侣、学者、工匠等纷至沓来,在长安完成了经济、文化、手工、艺术的大融合,那必定是一场光彩夺目的盛况。

对大唐盛世的复盘已超出常人想象的范畴,电影《猫妖传》中将之几近复原烘托,想必也是无法原汁原味尽述。电影只是一种再现的手法,更侧重艺术方面的造诣,在纪实方面有着天然的欠缺。若想真正了解当时长安城的营建思维和昔日布局最好是参考《长安图》。北宋名士吕大防曾深慕唐代长安城的规划之精，便根据前朝遗图和遗址绘制了石刻的《长安图》，系中国现存碑刻最早、幅面最大、范围最广、注记最多的古都平面图，内容之丰富、符号之多样、注记之齐备、比例之准确，在世界都市图史上绝无仅有，堪称一绝。借由此图，不难发现长安城一早就赢在了起跑线上，设计者早于一千多年前就考虑到自然与城市的和谐关系，将传统的山水文化与城建需要相结合，观赏性与实用性兼顾。从某种意义上说，这种以山水环境为大地坐标，将城市设计与之对应的规划思路，对现代城市规划而言，具有重要的启示。

唐朝人追求爱情的方式一如他们的城建，亦颇具超前意识。当朝最知名的爱情事件当属唐明皇和杨贵妃的忘年

壹·旅

之恋吧！想想也对，繁华至此的盛世怎能少了绝世美人的点缀？尽管大唐的颓势并非始于红颜，但在男权的世界女人的命运轻如鸿毛，"马嵬坡之变"是杨妃的终极宿命，独得万千宠爱于一身，尽享世间至尊至贵，便要为倾城之患背负所有骂名，只有如此，男人方能全身而退。

清初剧作家洪昇创作的传奇《长生殿》将这则"长安爱情故事"进行了一番精彩的演绎和再创作。全剧共计五十出，前半部分描写了明皇、贵妃长生殿盟誓，安史乱起，马嵬之变，芳魂命殒黄沙的经过；后半部分则吸取各类野史传闻，刻画了安史之乱后明皇思念贵妃，派人四处寻觅她的芳魂；杨妃之魂亦感念明皇，并为倾城之祸做了忏悔。他们的诚心和真爱感动了上苍，后位列仙班，终在月宫团圆，长相厮守。或许，这正是世人看待这段爱江山更爱美人经典范例的普遍态度——有对山河破碎的遗恨，也不乏对美好爱情的向往。

　　灯火阑珊之际，我登上西安的旧城墙，古城的昔日雄姿又恍惚呈现眼前。突然想到张爱玲在《倾城之恋》中的文字："这堵墙，不知为什么使我想起地老天荒那一类话……有一天，我们的文明整个的毁掉了，什么都完了——烧完了，炸完了，坍完了，也许还剩下这堵墙。"现在，我的双足之下正是这样一堵墙，帝王将相、英雄美人皆成过往，它却果然还在。夜色渐深，我似乎听到耳畔有细碎的轻语，便情不自禁地跟着沉吟起那首流传至今的千古绝唱：

　　在天愿作比翼鸟，

　　在地愿为连理枝。

天长地久有时尽,

此恨绵绵无绝期!

我突然憧憬着来一场不期而遇,在这浪漫的古城谱写一首爱的诗篇。择一城、遇一人、过一生,再无遗憾。

## 风 骨

长安的柔情扣人心弦,是因为有独有的风骨做底色,撑起了一场庞大且异彩纷呈的文艺盛宴。

《明史·李梦阳传》中有评:"梦阳才思雄鸷,卓然以复古自命。弘治时,宰相李东阳主文柄,天下翕然宗之,梦阳独讥其萎弱。畅言文必秦、汉,诗必盛唐,非是者弗道。"秦汉文章仙气飘飘,又铁骨铮铮;而唐诗之美简直可以用"秀色可餐"来形容,不仅遣词讲究,意蕴更是深长,尤其适宜反复咀嚼,每一品都有崭新的回甘。而且作品丰富,大咖云集,潇洒有太白、厚重有子美、缠绵有义山、闲逸有摩诘,还有数之不尽的诗杰、诗魂、诗鬼……必有你所钟爱的一款。有唐一代说是神仙打架的魔幻时代一点不为过,天才们像是相约集体下凡一般,齐齐将大唐的夜空点缀得熠熠生辉。诗歌当仁不让地荣升国粹,人们相见甚欢要作诗,一言不合要作诗,柴米油盐、天文地理、喜怒哀乐无不成为诗歌吟咏的主题,人们作诗、品诗、爱诗、与诗为伴,连目不识丁的寻常百姓也能读懂白居易的亲民诗。毋庸置疑,是唐诗提升了整个民族的文化素养和审美格调。唐诗里的情感是深厚的,无论是思君、思国、

壹·旅

思社稷，抑或思情、思乡、思故人，字里行间饱含真心真性情，细细读来但觉余香满口，无愧于中华文化之瑰宝的美誉。

借由繁华盛世的威名，这些锦绣文字承载着诗人们的梦想、抱负、深情，漂洋过海传至东瀛。当时，在唐文化的影响下，日本贵族阶层纷纷效仿大唐的生活习俗、穿着打扮。弘法大师空海将白居易的《白氏文集》带回日本，广为宣传，连嵯峨天皇都在宫中收藏了一套，奉为经典，反复阅读。一时间，白居易成了东瀛岛国最火的中国诗人，尤其一曲动人的《长恨歌》更引发了东洋人对绝代贵妃的无限遐想，甚至附会出其躲过"马嵬坡兵变"逃至日本，还繁衍了后代。可见，"白诗"的影响力之巨大。

一个全民热爱文化的时代，才能孕育出优秀的文化。

大唐空前的经济繁荣为诗人提供了极大的创作空间，诗歌的蓬勃发展又反哺了文化的传承。诗歌持续地发光发热，佳作不断，让这个时代成为历史的宠儿。而长安当之无愧地成为诗人们尤为偏爱的主题。它可以是"花萼楼前雨露新，长安城里太平人"，尽显身为首都人的无比自信；可以是"春风得意马蹄疾，一日看尽长安花"，处处洋溢着登科的喜悦，是当之无愧的幸运之城；也可以是"遥怜小儿女，未解忆长安"，写尽了面对风雨飘摇的前夜无尽的心酸。长安就像一位千面女郎，每一面被稍加刻画就能成就千古绝句。多少人在唐诗里看到自己的身影，亦寻到了心灵的归宿，他们履着前人的足迹，憧憬着美好的未来。

都说唐诗的妙处是文法自然、感情真挚。依我看来，恰逢其时也是不可小觑的因素。诚然，中国从来都不是单一民族国家，在汉民族形成之前，就有多个不同的族源。如炎黄、东夷、南蛮等部落。后来，经历秦汉两朝四百年的长期大一统，最终形成了汉民族这一主体民族，但民族融合的脚步从未停止，发展到有唐一代，甚至李氏皇族都流着部分鲜卑人的血液，且都具有比较开阔的胸襟，唐太宗李世民就曾坦言："自古贵中华而贱夷狄，朕独遇之若一。"在这种兼容并包的社会大气氛下，文化空前繁荣，基本不会埋没任何一个才华出众的精英，知识分子有了极大的用武之地，思想的张力激发了惊人的创作力，佳作纷至沓来也就是顺理成章的事情。

而长安，作为精英荟萃之所在，亦被诗人们视为理想之地，无数才子佳人在这里你方唱罢我登场，留下一段段传世倾城的佳话，将这座城市装点得更加异彩纷呈，彼此映照、彼此成全。

## 悲　壮

黄巢起义后，唐王朝行至穷途末路，长安的繁华也渐渐画上了句号。然而，这座神奇的城市始终活在无尽的怀念中，即便后来更名西安，那个曾经见证了盛世辉煌的旧称仍是无数人心中的"月光白"。

今天的西安城自是别有一番现代气质，所幸骨子里的汉唐雄姿尚在，城墙就是最好的见证，这部无字的史书诉尽了岁月风云，令人见之肃然起敬。轻倚于青砖之上，我突然觉得自己也成为城墙的一部分，能够切身感受到斑驳体肤带来的沧桑巨变，看似腐朽，却始终有一种自信的底气支撑着身躯屹立不倒。贾平凹的笔下有这样的描述："独身站定在护城河边，仰望那城楼、角楼、女墙、垛口，再怯懦的人也变得豪情长啸了。"没错，就是我所感受到的这种底气。

毕竟身为十三朝的古都，无论是旧时的长安还是今天的西安，这座气定神闲的城市将一切看得都很淡然，既不觊觎首邑的名头，亦不在意沿海都市的风头，安之若素地讲述着自己的故事，颇有些拿得起放得下的气度。很好，长安，长安，长治久安，就应该是这样宁静致远的姿态！

夕阳西下，古城的气韵越发醉人，我方惊觉历史的魅力不就在于人类可以战胜一切，却终究要败给时间，而我们只是历史长河中的一粒沙，而且心甘情愿成为一粒沙。

# 走过江南

## 一

江南是一个充满诗意的地方,无论春夏秋冬。

雪融冰化,百草丰茂,这是江南最好的季节。

孟春三月,太阳的金色光芒从高空洒下来,拨开浮云,雾渐渐散去,天开始亮了。河道中蜿蜒的水流开始变急,小小的水珠跳到岸边一丛青草深处。原来冒尖的草丛已偷偷铺满河岸,阳光的温度逐渐唤醒了岸旁避寒的花树,开始绽放。一股微风吹来,些许花瓣随风飘落,飘过河岸、水面、小桥、古巷,在空中翻了个身,又迎风而上,一下子跳到粉墙黛瓦的屋檐一角。檐下的镂空雕花窗户"吱——呀"一声被屋内的女主人打开,一股凉爽的空气合着花瓣的清香涌进屋内。女主人用双手轻轻托起这些花瓣,白得果真像是一捧雪。她的嘴角扬起一抹浅笑,轻道一声:"江南孟春天,荇叶大如钱。"

绿树成荫,荷叶满园,这是江南最美的季节。

夏日的江南本应焦金流石,但在河流的裹挟下暑气已消减许多,再加上茂密的树林以及梅雨的流连,倒显得不是那么炎热了。梅子成熟的季节空气比较潮湿,却丝毫不减夏天的活力。蜻蜓飞过的地方,荷叶慢慢展开攻势,随后绽放欢颜。烈日之下，淤泥之上，那成片的清丽之美令人见之忘俗。"接天莲叶无穷碧，映日荷花别样红"的一幕就这样鲜活地跃入眼帘，很难不叹一句——美哉绝哉！远处郁郁葱葱的山丘把当空的灼热火球挡住了一些，凉爽的清风从远处袭来，在河面划过一层层温柔的涟漪，水波在强光的照拂之下闪着灿灿金光。河岸的那头零零散散分布着几位勤快的洗衣妇，让人又不觉脱口而出："一水浓阴如罨画，数峰无恙又晴晖。湔裙谁独上渔矶。"

秋高气爽，橙黄橘绿，这是江南最爽快的季节。

当树叶开始变黄，蜷缩着落入土里消失不见的时候，大雁开始南飞，一群群结伴而行，离开这个逐渐寒冷的地方。路边的草也开始枯萎，露出泥土，渐渐显出悲寥凄凉之色。离开吧，最后一颗蒲公英的种子终于推开母亲的怀

壹·旅

抱，跟着有些刺骨的风勇敢地离开了这片生它养它的方寸之地一路漂泊，遇见了最后一颗尚未枯萎的小草，对方垂着头，连连叹气，催它快走；撞见了低空飞过的乌鸦，漆黑的家伙看到它就开始放肆地嘲笑"呀呀呀——"，吓得它赶紧往前飘。天越来越黑，它累了，气力渐失，只能惊恐地望着近在眼前的土地。突然，风停了。蒲公英被迫躲在一片枯叶下瑟瑟发抖地过了一夜。迷迷糊糊中，一阵风复又吹来，又将它吹翻，不停地打着滚一路向前，直至来到山巅。它惴惴不安地放眼望去，突然惊呆了——层层叠叠的云雾萦绕于群山之间，恍若仙境。近处有绿、红、黄三色树叶相互映衬，远处怪山群立，好不雄伟。太阳从山间冒出头来，金黄色的光芒洒在那些奇松怪石上，散发出难以形容的温馨余韵，顿觉此时也没那么寒冷了，颇有些

"紫霄寒暑丽,黄山极望通"之势。

瑞雪纷飞,寒气逼人,这是江南最素的季节。

收获过去,是该冬眠了吧!江南的冬日没有北方的纷飞大雪,却依然可以银装素裹,一层洁白可人的寒霜铺满窗前、屋檐、树上、路边。清冷的氛围中,倒是"寒风摧树木,严霜结庭兰"。太阳照样露出喜人的微笑,却融不化这层傲霜,让我这南国游子竟生出关于北国的点点遐想。运气好的话,江南也能迎来雪后的初晴,此时一定要登上断桥一探究竟,所谓断桥残雪,果然美不胜收;或者走进当地的一片梅园,去寻那"凌寒独自开"的美景,真真叫人赞叹不已。

江南是一个充满诗意的地方,无论春夏秋冬。

二

民以食为天。江南的美食数不胜数，主食、大菜、小吃以及糕点都颇负盛名。这些美食随着江南悠久的历史不断沉淀，已不仅仅是舌尖上的美味，也成为江南文化的一部分，一个了解江南的窗口。认识江南，不妨先从认识这里的美食开始。

北方的面，南方的米。北方的面筋道可口，南方的面亦不逊色。比如苏州枫镇大肉面，被誉为当地"最难做、最精细、最鲜美"的面。面汤十分鲜美，回味无穷，面里的五花肉入口即化。做法十分讲究，肉要挑选上品五花，与调料一起长时间焖煮；汤头也有讲头，必用肉骨、黄鳝骨、虾脑、螺蛳肉等鲜物吊成。还有"吃碗鱼汤面，赛过老寿星"的东台鱼汤面，选用野生鲫鱼、鳝鱼骨、猪骨等食材，吃后不上火、不口干，营养丰富，汤汁呈奶白色，滴点成珠，清爽可口，还有很好的养生功效。

说完江南的面，再说江南的主菜。

人到杭州，一定要尝一尝大名鼎鼎的西湖醋鱼。鱼是上好的草鱼，出锅后在鱼身上淋上一层糖醋料汁，初尝是跳脱的酸甜之味，再细品但觉余香满口、肉质嫩滑。还有不容错过的东坡肉。相传当地人为感谢苏轼帮他们疏浚西湖、筑堤建桥、重建家园，送了很多猪肉。苏大才子把肉切成小块红烧，分给修建河堤的民工，遂得此名。东坡肉做起来也不简单，需要小火慢炖两小时，再放入碗中上锅续蒸一小时。出锅的东坡肉看起来就像整整齐齐的麻将块儿，色如玛瑙，红得通透，软而不烂，肥而不腻，咬一口软糯弹牙，飘着浓郁的香味儿。

江南的点心也很赏心悦目。

江苏的梅花糕历史悠久，相传源于明朝，有清一代成为著名的特色糕类小吃。据说，乾隆帝尝后觉得口感不俗，见其状如梅花于是赐名"梅花糕"。此糕入口甜而不腻、软脆适中，特别适合品茶怡情。此外还有龙须酥，也叫"银丝糖"，千丝万缕的造型已颠倒众生，口味又怎是一个"香"字可以了得！后成为皇家的御用点心，身价倍增。知名的糕点还有猪油麻酥糖、芡实糕、袜底酥、定胜糕……不胜枚举，不由让人叹服江南人的蕙质兰心，居然能炮制出这样别开生面的吃食，果然是人杰地灵。

世间万物，唯有美食与爱不可辜负。如画江南，值得你回味再回味!

## 三

见识过北方勇猛湍急的激流,自要来看看江南的静波苍山以及传说中的蒙蒙烟雨。

江南的山水甚有灵气,既有"云烟杳冥雨淙淙,三十二峰各不同"的黄山,"横看成岭侧成峰,远近高低各不同"的庐山;也有"湖外有湖,湖中有山,渔帆点点,芦叶青青,水天一色,鸥鹭翔飞"的洞庭湖,"四八云端岛,峰连七二葱;湖平天宇阔,山翠黛烟朦"的太湖。山让水有了气势,水给山带来了灵气,彼此辉映、彼此成全。

江南的水不仅成就了如画美景,还滋养了众多名人志士。苏州范仲淹、江西文天祥、嘉兴鲁迅、会稽秋瑾、长沙毛泽东……一批批民族脊骨、国家栋梁为祖国的繁荣昌盛贡献了不可磨灭的力量。朝代更迭，这水自西向东循环往复，输送着从未改变的赤诚血液，感召着炎黄子孙薪火相传。

被水浸润的江南小镇意外的恬静安然。小小乌篷船在细长的河道中缓缓摇曳，风中可隐约听到婉约悠扬的吴语民歌。没有汽车的急鸣、行色匆匆的人流，偶见零星几个本地人不疾不徐走过古巷，留下窸窸窣窣的脚步声，居然十分悦耳。这份纯然的静谧让每个响动都变成细腻的音符。

小镇的生活场景也是动人心弦的。波光粼粼的河面送走叶叶扁舟，河畔微风徐徐掠过柳树的枝丫，顿觉全身的疲惫一扫而空。白天，水面如星空般光芒闪烁；夜里，商铺屋檐上挂着幌子、招牌、灯笼随风摇曳，弓形小桥如一轮新月落在河面。小贩们走街串巷，卖丝绸的、卖糕点的、卖首饰的……吆喝声此起彼伏，人间烟火扑面而来。这平凡的热闹不就是生活的主题曲吗？家家户户亮起一串串灯笼五彩斑斓，照亮了每一位披星戴月者归家的方向。人们坐在船上、伫立河边、倚靠窗边，谈笑风生，好不惬意。忙碌一天后，迎着晚风笑看孩子们的嬉闹，竟觉得甜蜜无比。即便来者是客，也无须惶恐，手擎一盏好茶，静听风的絮语便好，不必记得来处和远方。

江南的水来自遥远的高山，亦来自梅雨的缠绵。"黄梅时节家家雨，青草池塘处处蛙。"被雨水打湿之处草青物茂，暗藏着无限生机。"烟柳画桥，风帘翠幕，参差十万人家。"这样的场景虽寻常，眼见为实仍会惊叹不已。细雨随着微风飘动，从河岸小店的屋檐一滴滴往下串起透明的珠子，演绎出凄绝美绝的一帘幽梦。雨水淅淅沥沥落在古老的青石板路，垂柳酣畅地放下所有秀发，尽情梳洗着每一缕青丝，想必待到雨过天晴，她就要去见心中的情郎吧！

经过荒原北漠的狂暴风沙、雪山湖泊的凛冽寒气，流至江南的水已被驯服得温柔可人，亦不乏强悍的生命力，不仅滋养出一片醉人的湖光山色，还养育了一群守护中华大地的民族栋梁，还原了一个充满烟火气的世外桃源。这灵气的水啊，很难不让人爱！

## 四

甪直古镇，是江南的一个小镇，是我记忆里深藏已久的温存。走遍江南古镇的每一处角落，只对甪直情有独钟。

它没有周庄那么出名，亦无同里那般富有烟火气息，更不像西塘那么朦胧……却是最具故乡气息的地方，这里有我童年的味道。

甪直一直是温婉得体的端丽女子，着长裙、套水袖于我的记忆中翩翩起舞，舞的不是魅色，是满满的人间烟火，温暖了我的流离岁月。

我尤喜在古镇的青石路上随性游走。每至此处，便会念起海棠糕和萝卜干的味道，都是最为质朴的小食，却最能安抚我的故乡愁肠。当然，这里的美食绝不止于此，都藏在小巷的各式搭棚店中，青团子、袜底酥、红油汤面……全都长着勾人馋虫的秀色。青团子糯韧绵软，袜底酥松脆爽口，红油汤面麻辣美味，口味迥异却都让人欲罢不能。此刻，我正坐在镇内某个面馆一个临河的窗口位置，吃着一碗红汤油面,看着桥上人来人往,觉得自己就活在白居易的诗词里——日出江花红胜火,春来江水绿如蓝,能不忆江南?

南方最大的特点就是水多桥也多,毫不夸张地讲,桥就是江南建筑的灵魂。在甪直处处可见千姿百态的桥。俗话说"人有千面,桥有千种",神奇的是,甪直的桥固然多,我却总能找到和故乡的桥造型类似的,它们总能让我忆起故乡,一种亲昵感即刻奔赴心头。

我走过很多地方,遇到过无数人,看过无数风景,也见过无数的桥。有湍急大渡河上的险要泸定桥,如同玉璧上的犀利雕纹;也有姑苏城里依水而建的小桥,仿佛流芳千古的锦绣文字;还有京杭运河边上的宝带桥,亦是姑苏桥中的杰作。说到宝带桥,值得费一些笔墨。此桥建造之地水急波高，不利舟楫航行，使得粮船滞集。苏州刺史王仲舒献束身宝带，募集资金，构筑长桥，并因此而得名。因为"挽道"，故一反江南常规，不选取"垂虹架空"的石拱形，而选取"宝带卧波"的长堤型，让船工纤夫皆受其利。今人来到宝带桥，看到这样雄伟阔的美景，不禁感叹时人的智慧与艰辛。正是他们的辛劳付出，才缔造了如此奇景，动人心弦。

多变的天气和水面一言不合就掀起惊涛骇浪。然而在姑苏，它们却心甘情愿成为这里的守护者。城中的小河静谧地缓缓流淌，维系着姑苏城的祥和气韵；小雨淅淅沥沥飘落，为本就美如仙境的姑苏园林留下一<u>丝丝</u>氤氲。宝带桥聆听着运河的心声，安然地陪伴它度过每一个日与夜。某个月圆之夜，宝带桥的倒影悄然落在澹台湖面上，伴随皎洁的月亮摇摇晃晃时隐时现，变幻莫测。时过境迁，已足千岁的宝带桥像深爱女王的忠诚卫士一般默默守护着澹台湖，这场永不说破的恋情有一种绝望之美，令人倾倒。突然想到元人薛兰英的《苏台竹枝曲》："翡翠双飞不待呼，鸳鸯并宿几曾孤。生憎宝带桥头水，半入吴江半太湖。"何等恰如其分！复又一声叹息。

江南的美，不只是体现在小桥流水上，还体现在家的味道上，也体现在每个人来到江南之后油然而生的感悟上。只要来过江南，看到这样一座桥，便能明白我们总要学会直面人生的风风雨雨。高峰有之，低谷亦有之，只要勇敢面对怀疑与迷茫，就会等到雨过天晴的那一天。

我愿静静游走于甪直的每个角落，用心守护童年的记忆，以及那段难以割舍的绵长历史。

## 五

我是从汪曾祺的《五味》中初识无锡的,文章写得有滋有味、妙趣横生,这座活泼的小城在我心海有了一个小孩的轮廓。

身临其境后,无锡给我的最大感受就是恰到好处的生活节奏。苏州的节奏太快,扬州又太慢,只有无锡不紧不慢的,刚刚好。南禅寺外的那片空场伫立运河边已有千年,不知何时竟变成了闹市区。寺内寺外呈现出截然相反的两处景致:院墙外人声鼎沸,是凡夫俗子的快活林;院墙内四大皆空,是不食人间烟火的清静地。一道院墙将截然不同的两种人生哲学衔接起来,形成一种奇妙的反差,让人拍案叫绝——我想，这正是对大隐隐于市的完美诠释吧！

深入这座城池，你必会被此处的别致氛围深深吸引。泛舟太湖，但觉烟波浩渺，放眼碧波万顷，湖边开满樱花，泛着点点红晕，享尽春日暖阳的沐浴，兀自生长；嫩绿的枝丫初生，却已迫不及待地彰显活力，在春风中自带节奏地舞蹈；灵山大佛的禅宗声同桨声、水声混在一起，回荡于游人的耳畔，悠扬动听，令人沉醉不知归路。正是这分素雅、安静、内敛的气韵，给外形平平无奇的太湖增添了一抹自省的灵气。

这一年的四季我都交给了无锡。

阳春，在拈花湾静待花开，闲看花落；浅夏，于太湖倚栏尽览波光粼粼，水天一色；深秋，漫步南禅寺雨中听禅，挥剑斩断三千烦恼丝；严冬，在梅园赏梅花傲雪临霜，冰心玉骨。"诗酒花茶琴瑟鸣，灯花红犹墨云推。"无论晨昏晴雨，我总能在无锡寻至一份踏实与纯然，还有一份莫名的小欢喜。美好的感受将初来乍到时的诚惶诚恐、焦躁顾虑全部打消，我不知这里能否接纳全部的自己，却仍愿将身心交付，一种强烈的安全感让我宾至如归。

无锡在哪里？它在我走过的每一个脚印里，也在我的心里。

我爱无锡。

## 六

戴望舒创作的《雨巷》距今已近百年，如今细细品读，仍会被一种强烈的朦胧美感所折服。这首诗在我心里埋下了一颗向往安逸的种子,直至来到婺源,惊觉这里就是最接近《雨巷》的地方——它既小巧玲珑,又飘飘欲仙,天晴时温暖明亮,飘雨时苍茫辽阔,落雪时层林尽染……总之,不论天气几何,婺源都是可爱兼诗情画意的。

  我对婺源村落的钟爱是从翘起的马头墙开始的。马头墙错落有致、黑白辉映,有一种明朗素雅、层次分明的韵律之美,令人心驰神往。江西的婺源是徽州故地,曾是古徽州"一府六县"的一部分,是一方人杰地灵的宝地。这里的山谷起起伏伏,依偎在流动的新安江边,经过时光的锤炼,反而出落得更加迷人,常常给人一种误入桃花源的错觉。

  婺源总能勾起我对美好生活的向往,像一篇锦绣文章,也像一幅绝美画作。我只是一介布衣,掌握的东西微不足道，无法用华丽的辞藻尽述其美，亦无法用合适的画笔描绘她的真容。我曾在梦里见过她，睁开眼时才猛然发现自己是在做梦，如今梦里梦外竟这般相似，实在是始料未及的。

  时至三月，正是油菜花的好时光，漫山遍野都是金灿灿的花骨朵儿，层层叠叠、错落有致，果然是"吹苑野风桃叶碧，压畦春露菜花黄"。孩子跑到花丛间，一下子就看不到身影了。这是个好兆头，预示着之后的日子会越来越好。我站在婺源的花海之中，一如回到纯真的孩童时代。彼时农忙，我亦拿着锄头学着大人的样子，使着微不足道的力量刨地开荒，幻想着长大之后身强力壮的样子。如今，我终于长成七尺男儿，却仍手无缚鸡之力，不禁感到万分汗颜。直到农家的饭香慢慢飘至鼻尖，将馋虫勾了出来，我才恋恋不舍地从这幅热火朝天的《农忙图》中抽身而去。

婺源的村落像是害羞的少女总是隐藏在山水背后，熟悉的青石板铺平了蜿蜒的山路，伴着溪水的流淌，生动演绎了何为"篱落疏疏小径深，树头花落未成阴"。当然，你无须熟读《唐诗三百首》，只要双脚踏进这片土地，无师自通就能吟诗作对，只因此处自带诗意，抑或你本人已成为某首诗的一部分了。

婺源是古徽州的一个缩影，徽州虽已是故城，但徽州文化却茁壮成长。

这里藏有我的记忆，也藏着深深的暖意，可以融化游子心中所有的疲惫。

如果可以，真想一直停留在江南长醉不醒！

贰

思

春天的风

惊蛰的雷

万物舒展


思想有伴

旅程有书

神奇天光和海市蜃楼

出现在

三维四维的交界

达成

无限可能

## 惊蛰有度

夏天一到,只要出门就会汗流浃背;秋天一来,昆虫就会瑟瑟地低吟浅唱;冬天登场,万物就像被按下终止符般一片静寂。我喜欢踩着惊蛰的鼓点,聆听万物复苏的声音,看着电闪划破天际,迎来一场好雨。

雷电的轰鸣惊动了沉睡许久的生灵,它们纷纷醒来,蠢蠢欲动,开始为此后的奔忙做最后的准备。人们不必奔走相告,大地早已欢腾一片:桃花鼓起了花苞,娇羞欲滴;

垂柳舒枝展叶，绿意盎然；鸣虫恢复了声息，相呼相应；走兽蓄满了活力，健步如飞。

一城风雨一城春，破立兼备气象新。突然想到元人乔吉所写的《天净沙·即事》："莺莺燕燕春春，花花柳柳真真。事事风风韵韵。娇娇嫩嫩，停停当当人人。"此刻真是恰如其分，春天不就是这样，没有丝毫的声息却能在一夜之间让天地换了一副模样。这是一种最原始、最质朴的生命力，具有很强的颠覆性，不仅奏响了四季的序章，也将春的形象浓墨重彩地融入人们的每一次呼吸中。

遥想当年年少轻狂的白乐天亦是踩着春天的脚步急匆匆地赶至京城，带着几卷自己的诗作前去拜会仰慕已久的诗人顾况。顾况看了看眼前这个略显青涩的小伙子，又随手翻阅了一下他的诗作，心想着这又是一个不知天高地厚的后生呢！随口调侃起他的名字来："长安米贵，白居不易啊！"可当读到那句"野火烧不尽，春风吹又生"时，顾况眼前一亮，忍不住惊呼："有才如此，居亦何难！"是春天给了年轻的白居易惊才绝艳的灵感，从此有了一代诗魔流芳千古。

春天也是画家尤为钟爱的选材。比如丰子恺就曾描绘过这样一幅画作：一座远山若隐若现，近处有一道坡，坡上建有草屋一座，屋前面种有一树花。小女孩一手拉着父亲，一只手指着不远处的花朵，母亲则倚在窗台上，微笑着观望二人。画家为此画题字——"春光先到野人家"，何等恰如其分！这就是丰子恺眼中的春天，闲适、悠然、静谧，要用最从容的心态去面对。

音乐的世界也少不了春韵。想来，巴赫应该是最爱春天的音乐家。他出生在早春的三月,作品里满溢着春的气息。你只需选在一个懒洋洋的午后听听《恰空舞曲》,便会被一股暖流击中,声波会逐渐在耳畔形成小小的旋涡,纯粹而微妙地唤起春天隐秘的脉动,当最后一个音符消散之后,你的周身已被浓浓的春意所笼罩。

我既不是诗人,也不是画家,更不通音律,只能忘我地投入自然的怀抱,贪婪轻嗅花香,倾心聆听鸟鸣,然后努力让自己成为春天的一部分。

春雷惊醒了蛰伏许久的人心,也赋予了众生灵欣欣向荣的能量。我们不妨静听万物拔节的音律,那节奏简直可以用"浓烈"来形容,投入的劲头甚至有点催人泪下。这种不问世事的执着多像蓬勃的青春——努力汲取着成长的力量,在惊蛰的一刻绽放光芒。

在一场雷雨过后的春日深夜，我悄然起身走出家门去聆听蛙鸣，踱进草丛深处观赏萤火虫舞蹈。约莫凌晨四点，我听见一种无可名状的叫声，猜想应是夜鹭鸟的鸣叫，或许是它抓到了一条鱼正在炫耀？吴淞江畔常见这样的夜鹭，两岸的树上搭满了它们的安乐窝，窝里还都有嗷嗷待哺的小崽儿，叽叽喳喳地平添了不少情趣。天蒙蒙亮了，鸟儿越聚越多，叫声此起彼伏，就像在召开一场气氛欢快的晨会。

我用自己的方式靠近春天，轻抚她娇羞的容颜。她也像被宠溺的小猫般温柔起来，变得很是黏人，尽可能与我缠绵更久，回应我的无限爱意。因为太过美好，我突然惆怅起来，好怕还没握紧春天的双手，就要看着她渐行渐远，患得患失的情绪顿时塞满心胸。尚记得许多年前的春天，彼时我还未剪去长发，有的是大把大把的光阴和挥霍不完的活力，青春于我就像海水取之不尽，根本无法想象成长的疼痛和忧愁正在途上离我越来越近。

因为经历过苦痛，这个春天让人尤为期待。我是如此渴望一场春雨如约而至，涤荡满面的尘埃和心中的碎石，让我重新获得征服炎夏、扛过严冬的勇气。我不知道梦想还有多久才能实现，也不确定自己是否有足够的信心走下去，但这个春天如此美好，让人忘却了一切的纷扰，不诉过往，不谈未来，只要好好享受这场春光就好。

也许有一天，我将老无所依，满头白发，牙齿稀落，行动迟缓，言语含糊，而春天还是那么绚丽。我会在一抹抹西落的春光里，看到自己年少的身影停留在惊蛰的时分，感叹生命之力竟是这样神奇！

# 书香世界

## 一

我曾以为此生若只有选择两本书的权利,自己必定是左手唐诗,右手宋词,然后像初出茅庐的郭靖一般于字里行间感悟各门各派的遣词、造句、文法、意蕴,忧古人之所忧,乐古人之所乐,体验一把为赋新词强说愁的矫情。

贰·思

然而，对文学的狂热让我始终怀揣着一颗躁动的心，总免不了被新的风格、新的形式所吸引。这不，我又跌跌撞撞地闯入了现代朦胧诗的领地，起初还有点冷兵器遇上高科技的休克感，很快就适应了这种时代鸿沟带来的悬殊美感，尝试着用现代诗歌比对前人的词句，看看是各领风骚，还是青黄不接？

我的现代朦胧诗之旅是从海子开始的。

在安庆，我在地图上找到一处名为"海子故居"的景点。其实，这次去安庆不是刻意为之。友人是石头贩子，平时就喜欢舞文弄墨画个山水，可能是在浙西待得太久了，想换换心情，就计划去安庆的天柱山写生，顺道邀我一起去住上一段时间。

在我的印象中，安庆是一座被人淡忘的小城，只是地图上的一个小圈圈。到达安庆城的时候,已是晚上七八点钟,我的肚子早就揭竿而起了。吃饭的时候,友人问我:"我有点人困马乏了,要不就在这里住上一夜吧!你计划一下明天去哪里?"我点头附议。

在地图上一番粗略的扫描后,发现距我们落脚之处几公里的地方就是海子的故居。那句"面朝大海,春暖花开"早已成为文艺青年的标配口头禅,还是忍不住复习一下:

> 从明天起,做一个幸福的人
>
> 喂马,劈柴,周游世界
>
> 从明天起,关心粮食和蔬菜
>
> 我有一所房子,面朝大海,春暖花开

从明天起,和每一个亲人通信

告诉他们我的幸福

那幸福的闪电告诉我的

我将告诉每一个人


给每一条河每一座山取一个温暖的名字

陌生人,我也为你祝福

愿你有一个灿烂的前程

愿你有情人终成眷属

愿你在尘世获得幸福

我只愿面朝大海,春暖花开


全诗没有任何华丽的辞藻,更无丝毫夸张的修辞手法,有的只是对自然的抒怀，对精神家园的渴望。此诗一出即成绝响，哪怕终此一生仅写出这一首诗，海子也足以在中国诗歌之林树立名字。更何况他在二十出头尚在做梦的年纪就写下了意蕴丰富深邃的《亚洲铜》，卓尔不凡的才华像一道闪电照亮了当代诗坛。海子用铜暗喻西北的土地，作为是世界上最早制造铜器的国家之一，铜器也可以说是中国文明的代表。《亚洲铜》中不仅囊括了土地、河流、飞鸟、月亮、花草等诗歌中常会涉及的各种意象，还重点刻画了生命的意义，流露出对民族苦难生存景况深沉广阔的文化反思。我把这首诗歌视为赞歌——对生命的礼赞。

海子曾写过组诗《阿尔的太阳》，纪念自己喜爱的画家凡·高，并亲切地称呼他为"瘦哥哥"。而我把海子视为自己的"瘦哥哥"。他从凡·高的画作里找到诗意的灵感，我则从他的诗中找到了一丝光明的慰藉。这组诗歌的文字值得深读、值得评鉴、值得反复回味。诗里诗外两位才华横溢的艺术家却都选择以自戕谢幕，难道是惊人的巧合？当我反复读着"为了那千秋万代的艺术哟／我们不能让艺术家生前过好／黄色，是希望的煎熬／黄色，是痛苦的吉兆"时，很难不猜测海子最后的毅然决然是受到"瘦哥哥"最终走上绝路的影响，是他在以同样的行为艺术向偶像致敬，还是他真的说到做到，既然生前不能过好，那就走向往生，求一个海阔天空？总之，我的"瘦哥哥"带着满腹的才华和谜一样的困惑结束了自己年轻的生命。

无独有偶，安庆也是张恨水的故乡。此名一出，眼前立刻浮现"鸳鸯蝴蝶"四字，耳畔升起《暗香》的哀伤旋律。这位平生写尽风花雪月的作家一生创作了120多部小说和大量散文、诗词、游记等，共计4000余万字，名副其实的著作等身。我读过他的《金粉世家》《啼笑因缘》，尤其前者改编的电视剧更是深得我心，陈坤的金燕西、董洁的冷清秋简直就是自书中走出的本尊，不可取代。但受制于时代，鸳鸯蝴蝶派渐渐走向式微。鲁迅在倡导和开拓新文艺的过程中，从"文学游戏观"、沉滞猥劣的格调、保守复古的意识等方面，对鸳鸯蝴蝶派文学进行了较为激烈但客观的批评。张恨水却称："鸳鸯与蝴蝶……和人的关系、感情都处得不坏，几曾见过人要扑杀鸳鸯蝴蝶？又听说过鸳鸯蝴蝶伤害了人？"他活得通透，不因旁人的鄙夷而改变文风，自有一番行事的道理。后来鲁迅也表示，在当时的时代背景下，对这一文学流派应给予最大限度的接受与包容。

海子与张恨水是完全背道而驰的两种人生，却都以安庆这座小城为交集，像同一根茎开出的两枝花朵，一朵向阳而生，一朵兀自妖娆，都那么美，那么动人。

作别海子和张恨水的故居，我又来到天柱山大峡谷。峡谷很是悠长，大小瀑布迭落成群，星罗棋布的水潭像是镶嵌在山谷里的眼睛，眼波流转，每个都在讲述一个缠绵的故事。此处的奇峰异石堪称一绝。且看李白的《江上望皖公山》（皖公山即天柱山）诗云："奇峰出奇云，秀木含秀气。清晏皖公山，巉绝称人意。独游沧江上，终日淡无味。但爱兹岭高，何由讨灵异。默然遥相许，欲往心莫遂。待吾还丹成，投迹归此地。"没有身临其境是很难想象这样的奇景的。天柱山地处江淮平原，四相勾连，八方呼应，水陆畅达，虽绵长幽深却无登高之苦，虽奇丽险峻却无柴米之匮，那份宁静和旷达的意境堪比武陵的桃花源，让人见之忘俗，油然而生一种归宿感。读过余秋雨的《寂寞天柱山》，我才发现这种归宿感竟是一种共情使然，古代许多大文豪、大诗人都曾希望在天柱山安家。李白只是在江上路过时远远瞥了一眼此山，就笃定地表示："待吾还丹成，投迹归此地。"游遍大山名川的苏东坡给友人写信，道："平生爱舒州（天柱山）风土，欲卜居为终老之计。"相较李、苏二人，王安石更偏于理性，他对此山的钟爱绝非一时兴起。他曾在舒州做过三年通判，多次畅游天柱山，属于日久生情。在《怀舒州山水呈昌叔》中，他这样写道："相看发秃无归计，一梦东南即自羞。"天柱山是他的"梦中情山"，若终老不能归去，是会忍不住"自羞"的。看来，此山给人宾至如归之感是不容置疑的，同时，它也展

贰·思

示了一种生活的厚度，更充满了一种读它千遍万遍也不厌倦的书香气。

天柱山，一座有温度的山。

## 二

有时，我对气味会有种执念，比如这书本的油墨之香就深得我心。每个手不释卷的下午，于我而言都是最为美好、惬意的时光。我尤喜待在书店，只一杯咖啡相伴，就可肆意徜徉书海，流连忘返。

常来的这家书店面积不大，一两百平方米的样子，装潢较为简约，却是附近唯一的一家书店。我住的地方离它不远，走上十几分钟就到了，只要有空闲我必会光顾此地。

有时只是路过，也会情不自禁地扫上一眼，看看店里的人多不多，好像只是看上一眼都会觉得很安心。平时来看书的人并不算多，更不要说掏钱买书了，因而我一直好奇这家店是如何坚持开了这么久的呢？

每次来，我会找上两本心仪的书。说是"心仪"，其实就是凭直觉，我不会刻意关注书的内容与作者，就是单纯看眼缘，对上眼了就从书架上取下来，再找一个角落的位置，用整个下午的时间细细品味。多数时间，盲选的书都很对味，甚至还会带给我一些小惊喜。当然也有看走眼的时候，但也不会感到沮丧，所有的遇见正因难以确定才别有致趣，不是吗？

讲真，书店很乱，角落处一年四季都堆满了书，有的地方甚至落了厚厚一层灰。除了最显眼的一排书架上的书是按序排列，其他的书都是被随意摆放，有时找书很不方便，却又感觉有着小小的刺激，因为你永远不知道下一刻会看到哪本书——咦，像不像命运？

我经常独自光顾这家店，只有老板一人看店。与其说是老板，不如说是杂工。小到收付款、大到进出库，都是他一个人亲力亲为。去得多了，我俩也熟稔起来，一般相视一笑就开始各忙各的、互不干扰。有时也会赶上个小高潮，人流一拨拨涌入，但多数时间，整个下午店内都不会出现第三个人。偶尔，老板会和我闲聊几句，推荐一些自己喜欢的书给我，或问我有什么特别想看而店内没有的书，而我一般会说，"也没什么特别想看的,碰上哪本是哪本！"老板会很狡黠地一笑道，"随缘之人一般运气都不会太差"。这就是所谓的君子之交吧！

可老板毕竟是生意人，多少要考虑一下经济效益，畅销书、热门书还是要进一些的。但他把握行情的方式有点偷懒，一般就是看顾客找哪本书的频次高，或是直接问对方最近哪些书比较火，就会多进一些。显然他志不在此，当初选择开设一家书店就不是为了财源广进吧！很庆幸，正因老板的疏于打理，反令这家小店藏着很多意外之喜，尽管在醒目的位置摆放着比较热门的书籍，绝大部分则是老板根据对顾客的"调研"不知从哪里淘来的小众书，甚至还有很多绝版的旧书，比如金庸最早授权给三联书店出版的那套《神雕侠侣》就赫然放在一排初中教辅的上方，都有拍卖的资格了吧？可惜我并非武侠迷，希望这套经典能幸遇自己的良人。

还有几套颇具年代感的小人书，好像四大名著俱全，还有一些国外名著改编的,印象最深的是一套狄更斯的《大卫·科波菲尔》,已经被翻得有点破旧了,下册的封面还被画了几道圆珠笔印,想来应是出自上任主人家的顽童之手。我曾爱惨了书中那句"今天能做的事,决不要留到明天。拖延乃光阴之窃贼。要抓住他",不过当我下定决心打算把这套全三册的小儿书拿下的时候,老板却怎么也找不到了,也不记得是不是有人捷足先登买走了,他向来没有仔细记账的习惯。看着老板面露歉意的样子,我反而释然了,脱口而出:"看来的确是'今天能做的事,决不要留到明天。拖延乃光阴之窃贼'!"老板被我说蒙了,诧异地问道:"你说啥?"我笑着摆摆手,道:"没什么。好书共享!"

旅行和阅读是我一生的梦想。我希望自己不是在远行的路上,就是在阅读的路上。

# 人间有词

## 清照与淑贞

"词以境界为最上,有境界则自成高格,自有名句。"王国维的《人间词话》可说是近代解析宋词最好的典籍之一,开篇第一句就以"境"字一语中的,进而指出行文的优美与深渊的境地是宋词的"双面绣"。词作为一种文学体裁始于南朝,历经隋唐发展,至两宋时期达到巅峰,其姹紫嫣红、千姿百态之神韵，可与唐诗争奇、与元曲斗艳，更被引入小说、散文作为点缀，不啻一场华丽的文学盛宴。

宋词素与唐诗并称"双绝"，但它脱胎于音律，其产生、发展，以及创作、流传都与音乐有直接关系，是要配合旋律演唱出来的。宋人王灼在《碧鸡漫志》卷一语："盖隋以来，今之所谓曲子者渐兴，至唐稍盛。"唐代文人热衷写诗，因而词最初流行于民间乡野，可被视为"民歌"。至中唐，张志和、韦应物、白居易、刘禹锡等名家也开始尝试作词，逐渐把这一音乐文体引入文坛。到了晚唐五代时期，已经涌现出了大量的出色词人，如温庭筠、李煜、冯延巳等。在他们的努力下，词摆脱了初期辞藻艳丽浮华、流行于市井酒肆的命运，选材更加多元，遣词造句也更为考究，有了和唐诗分庭抗礼的实力，既可花前月下，又可气壮山河，名篇佳作层出不穷，出现了多种风格、流派，一片繁荣之景。

行文与境界的结合让宋词充满了灵性与深意。宋以前的词，往往重在行文而忽视境界，缺乏点睛的神韵，更少了一些风骨。有宋一代，行文与境界逐渐彼此呼应，行文是阴，境界是阳，阴阳结合，才有了两宋佳作的井喷之势。

提到宋词，就不能不提一代才情女词人李清照。说来有趣，《全唐诗》900卷，女诗人120余人，其作品有12卷之多，共计600余首，最后出圈的也就薛涛、鱼玄机二人，一位是乐伎出身，另一位放浪形骸，终为主流文坛讳莫如深；而两宋共计78位女词人，几乎每位都是闺秀，不仅受过良好的教育，眼界也很宽广，颇有些见地，不输须眉。易安居士年方十六初涉词坛，就写出"知否，知否？

应是绿肥红瘦",名动京城,自此惊才绝艳之名远播。不过我最喜欢的还是她的那首《点绛唇》:

  蹴罢秋千,起来慵整纤纤手。露浓花瘦,薄汗轻衣透。
  见客入来,袜刬金钗溜。和羞走,倚门回首,却把青梅嗅。

这是一首几乎看不出构思的作品,你可以说它缺乏深意,不够老到,但妙就妙在它留住了一个少女可人的永恒瞬间。"倚门回首,却把青梅嗅"二句,以极其精湛的笔触生动刻画了闺中小女子对于来客,怕见又想见、想见又不敢见的微妙心理。"青春"是一个多么美好又难以刻画出彩的主题,但李清照做到了,既不歌颂,也不叹惋,只描述了一个瞬间,"青春"二字即刻跃然纸上。可你若说这是占尽性别优势的讨巧之作,又不全然对。且看同样脍炙人口的《夏日绝句》,你能想象"至今思项羽,不肯过江东"的凛然词人正是那位"却把青梅嗅"的纯真少女吗?李清照的才情之可贵就在于不拘泥于闺阁之气,可在婉约、豪放的不同轨道自如切换,属于典型的实力派选手。

而才情并不在李清照之下的朱淑真则在"恋爱脑"的路上一路狂奔,遍体鳞伤。两位词人的成长经历颇为相似,官宦出身、良好教育的加持,让少女时代的朱淑真一直过着诗情画意的生活,且保持着最本真的性情,所以她能畅快高呼:"斗草寻花正及时,不为容易见芳菲。谁能更觑闲针线,且媰春光伴酒卮。"如此灵气少女原该配一位至情

贰
·
思

至性的良人琴瑟和鸣，偏偏父母之命的年代，命运却给她安插了一个不解风情、刻板冷面的官场中人为夫。就这一点，李清照显然要幸运许多，虽后经考证她与其夫赵明诚并非传说中那般亲密无间，但二人拥有共同的情致、爱好却是毋庸置疑的。年轻的时候，即便没有足够的爱情，只要彼此不厌弃总是能够相敬如宾的。但对朱淑真来说，她和丈夫王刚连这一点都很难做到。她所向往的是郎才女貌、琴棋书画诗酒花的文艺生活，尤其对爱情有着格外美好的憧憬，不然怎能写出"整圆是团圆，半圈儿是别离。我密密加圈儿，你须密密知我意。还有数不尽的相思情，我一路圈儿圈到底"这样在当时看来赤裸裸的告白！而王刚身在官场，整日公务缠身，思维逻辑与妻子截然相反，既不能体会对方的渴望，更欣赏不来这种排山倒海的才情，甚至反对妻子舞文弄墨、寄情诗词。长年累月的同床异梦日渐消磨了朱淑贞对生活的热情,她不得不借助创作发泄苦闷,一个怨妇的形象昭然若揭,最终与丈夫分崩离析。在《生查子·元夕》中,朱淑真贡献了最负盛名亦是情感最为浓烈的佳句:

> 去年元夜时,花市灯如昼。
> 
> 月上柳梢头,人约黄昏后。
> 
> 今年元夜时,月与灯依旧。
> 
> 不见去年人,泪湿春衫袖。

此作长期以来被认为是欧阳修所作,但究其笔法实在不似醉翁之风,更应是女子自怨自艾的伤情之作,无论从文风抑或流露出的心境都与当时身心俱疲又渴望柔情的朱淑真如出一辙。至于为何张冠李戴安插在欧阳修的名下,想来一是怕坏了闺阁之规,二是此作锋芒过甚,须寻一位才情可与之匹配的"背锅侠"才好,文忠公就这样顺理成章地成了"救火员"。后来,朱淑真郁郁寡欢地熬尽了残生,人们整理其遗作时发现她偏爱"断肠",每至情伤之际,必用此二字抒怀,后人便将她的集子取名《断肠集》。在我看来,朱淑真的才华并不在易安之下,之所以未能发光发亮多半是毁在一个"情"字上。终其一生,她和理想的爱情始终像她自己所作的那样:"遥想楚云深,人远天涯近。"

## 耆卿与东坡

看到这样的排名，有人又要喷了："怎么能把苏大学士和一个只会鼓捣淫词艳曲的柳永相提并论？"对此我也只能呵呵，文学造诣关乎天才，天才有何三六九等之分？有人钟情"大江东去"，也有人独爱"千种风情"，不过是各花入各眼，点缀的都是宋词博大的夜空，一饱的是我们读者的眼福。

柳永在词作方面的大放异彩实际上源于仕途的不顺。这似乎成为诸多有识之士荣升"大师"的必遭之劫。而为人所诟病的"眠花宿柳"则为这位多愁善感的词人提供了大量的创作素材，他耳濡目染了底层女性真实的生存状态兼深谙两性情愫，不仅从音乐体制上改变、发展了词的声腔体式，且从创作方向上改变了词的审美内涵和审美趣味，即变"雅"为"俗"，使词从贵族的文艺沙龙重新走向市井。没错，柳永的词作至今被不少评论家视为"俗词"，或认为其过于迷恋风花雪月的创作主题，有拉低宋词整体品位之嫌。果真如此吗？作为婉约词宗主的李清照向来恃才傲物，独对柳永青眼有加，称其"露花倒影柳三变"，并在《词论》中点明"又涵养百余年，始有柳屯田永者，变旧声作新声，出《乐章集》，大得声称于世"，充分肯定柳永的开创之功。而柳永旺盛的创作力更是力压群雄，现存的213首词作中居然用了133个词调，在两宋所用880余个词调中，百余多调是他首创或首次使用的，可谓凭一己之力撑起了宋词的半壁江山，成为当时当仁不让的流量担当,同时代的词人无不生出"既生瑜何生亮"的慨叹。

柳词的魅力之巨大直接影响了苏轼的创作。宋代俞文豹在其著作《历代诗余引吹剑录》中谈及一则典故:苏东坡有一次去翰林院,见到有一幕士善歌,因问曰:"我词何如柳七?"对于这道"送命题",幕士巧曰:"柳郎中词,只合十七八女郎,执红牙板,歌'杨柳岸、晓风残月';学士词,须关西大汉、铜琵琶、铁棹板,唱'大江东去'。"东坡为之绝倒。他亦曾中肯点评:"人皆言柳耆卿俗,然如'渐霜风凄紧,关河冷落,残照当楼',唐人高处,不过如此。"英雄惜英雄之意呼之欲出。其实,对珠玉在前的柳永词,苏轼的内心是相当矛盾的,有不屑,也有赞赏,既想摆脱其影响,又欲罢不能。他在《与鲜于子骏》中如是道:"近却颇作小词,虽无柳七郎风味,亦自是一家。呵呵。"戏谑中透着一丝沾沾自喜，觉得自己终于突破了柳永的词风，可见柳永对一代文豪造成了多大的心理压力。可以这样说，柳永是苏东坡在词作领域独树一帜必须要跨过的一道高山。多年之后，当苏轼也不再是英姿飒爽之身，面对生死离别亦留下情生意动的感怀文字：

十年生死两茫茫，不思量，自难忘。千里孤坟，无处话凄凉。纵使相逢应不识，尘满面，鬓如霜。

夜来幽梦忽还乡，小轩窗，正梳妆。相顾无言，唯有泪千行。料得年年肠断处，明月夜，短松冈。

细品之下，与当年柳三变笔下的"衣带渐宽终不悔，为伊消得人憔悴"神韵极似。感情面前，没有人可以做到拿得起放得下，谁不是要经历一番柔肠尽碎？婉约、豪放何必泾渭分明、分庭抗礼？苏轼的成功更像是站在巨人的肩膀，扛起了两宋词话的新的高峰。

## 一帘纳兰幽梦

初读纳兰词，总觉得有易安遗风。"人生若只如初见，何事秋风悲画扇""一生一代一双人，争教两处销魂""西风一夜剪芭蕉，满眼芳菲总寂寥"，随便吟上一句，就仿佛经历了一场地老天荒。

纳兰词富含深邃的意境，又像笼着一层幔纱，那份影影绰绰的美感格外醉人。无论写情爱抑或悼念，诗人的笔触都尤为真切。只是"家家传唱饮水词，纳兰心事几人知"？或许，这正是诗人的悲哀，人人只道"我"的诗词写得好，却无法知晓"我"的境遇、"我"的心路。若能求仁得仁，"我"又何必将满腔血泪化作点点墨迹，欲诉无从寄？在纳兰看来，幸福的生活是平淡的，平淡的生活是安心的。可偏偏他生养在贵族之家，平淡便也成为一种奢侈，命运推动着他迎向接踵而至的一个个巨浪。

纳兰的一生只有短短三十载春秋，却上演了一出异彩纷呈的爱情大戏。起初都是青梅竹马、两小无猜，但随着表妹入宫，这段美好的初恋哀婉谢幕。据清《赁庑笔记》载："旋女入宫，顿成陌路。性德愁思郁结，誓必一见，了此夙因。会遭国丧，喇嘛每日应入宫唪经，性德贿通喇嘛，披袈裟,居然入宫,果得彼妹一见。而宫禁森严,竟不能通一语,怅然而出。"这段从两两相望到不得不相忘的感情显然带给少年纳兰难以磨灭的苦楚,致使他的创作从始至终笼罩着轻愁,像一场场蓝色的梦境。

所幸,纳兰此后遇到了正妻卢氏。其父卢兴祖系汉军镶白旗人,因文才武略得以重用,官至两广总督、兵部右侍郎、都察院右副都御史等。卢氏出身名门,自小受到"传唯礼义""训有诗书"的文化熏陶,加之满汉文化的交融浸淫,更出落得"贞气天情,恭容礼典",一派大家闺秀的风范,深得纳兰之心。成婚之后,夫妻相敬如宾,感情深厚,其间的纳兰词作大多围绕甜蜜的闺阁生活展开。二人不必为世俗琐事所牵绊,"绣榻闲时,并吹红雨,雕栏曲处,同椅斜阳",过得简直就是神仙眷恋的摆拍生活,

贰·思

要多美丽有多美丽。谁知盛极必衰,仅仅三年之后,卢氏就因难产而亡,纳兰一改此前浓情蜜意的诗意,又陷入哀婉凄楚的文风而不能自拔。感性之人是很难独善其身的,往往需要强烈的情感互动激发对生活的热情,他们害怕孤独,不能承受缺憾带来的丝毫空白。对纳兰而言,感情于他如氧气之于生命,所有的希望和未来都建立在爱人与被爱的基础之上,一个人独行对他来说是一种无法想象的劫难。时过境迁,他仍会带着无边的绝望写下这首《采桑子》:

谢家庭院残更立,燕宿雕梁,月度银墙,不辨花丛那瓣香。

此情已自成追忆,零落鸳鸯,雨歇微凉,十一年前梦一场。

后来，纳兰一如很多世俗男子一般，再纳新欢官氏，亦有侧室颜氏。相信以纳兰的审美，此两女的姿色、情致应无可挑剔，但终未见他再有对如卢氏那般的深情，怕是真有曾经沧海难为水的无奈吧！但身边有人总好过独自对愁眠。在这种得过且过、聊胜于无的心态下，纳兰慢慢走向了人生的终点。

关于纳兰的爱情还有一段耐人寻味的番外。据说，卢氏去世后，纳兰悲痛欲绝，久久不能走出过往的牵绊。无意中，他读到乌程才女沈宛的诗作，内心为之一动，便致信远在江南的好友顾贞观，希望他可以代为引见。两人相见恨晚，随后就生活在一起。但沈宛是艺妓，身份与血统成为二人终究翻不过的两座大山。纳兰只能以诗篇宣泄胸中的无限苦闷，且看这首《采桑子·而今才道当时错》：

贰·思

而今才道当时错,心绪凄迷。红泪偷垂,满眼春风百事非。

情知此后来无计,强说欢期。一别如斯,落尽梨花月又西。

也有人称这首词是写给初恋表妹的,但更多人认为此词的笔力成熟老到,流露了非常明显的沧桑感,绝非少年阅历之所及。沈宛是纳兰此生最后的一盏明灯,尽管只照亮他片刻不久,但对于毕生追求浪漫爱情的完美主义者,一刻值千金,他最终是在爱人的热泪中走向往生的,也算是得偿所愿吧!在我看来,纳兰所有的深情都随卢氏一朝远去,和沈宛的这段更像是得遇知音的奇缘。以纳兰的绝世之才以及他对精神世界的追求,在当时的旗人贵族中难遇知音,更不要说棋逢对手，而独孤求败才最是寂寞。沈宛的出现对纳兰来说，就像跋涉者在沙漠遇到绿洲，瞌睡遇到了枕头，恰逢其时。最初，他们想必是以文会友，彼此欣赏，再发展到相知相恋，惺惺相惜的程度应多于你侬我侬。纳兰和沈宛真正在一起的时间并不算长，很难发展出一段和卢氏一样深厚的感情，随着心智的成熟和阅历的积累，他更注重精神的相通，换言之，续娶妻妾之后，他更需要灵魂上的交融，而沈宛的出现拯救了诗人饥渴的心灵。爱情当然是有的，但他们更像知己。抑或说，沈宛像是一个女性版的纳兰。茫茫人海，幸遇另一个自己，未尝不是一种别样的幸运。

后人说纳兰性德即曹公笔下的贾氏宝玉，此言不无道理。《红楼梦》第三十六回《绣鸳鸯梦兆绛芸轩 识分定情悟梨香院》中，宝玉谈至浓快时，突然话题一转："比如我此时若果有造化，该死于此时的，趁你们在，我就死了，再能够你们哭我的眼泪流成大河，把我的尸首漂起来，送到那鸦雀不到的幽僻之处，随风化了，自此再不要托生为人，就是我死的得时了。"他此生的最大的心愿便是可得"女儿眼泪葬"。后来，他无意中撞见龄官画蔷，又有了新的感悟，"说你们的眼泪单葬我，这就错了。我竟不能全得了。从此后只是各人各得眼泪罢了。"纳兰又何尝不是？他的泪曾送走两位自己深爱的女子，这次第，他也在爱人的热泪中走完了这场坎坷的寻爱之旅。像是命中注定的，在卢氏离世八年后的同一天，纳兰也撒手而去。多么任性的诗人，忌日也要选得如此缠绵悱恻。

该如何评价纳兰词呢？王国维在《人间词话》中道："纳兰容若以自然之眼观物，以自然之舌言情。此初入中原未染汉人风气，故能真切如此，北宋以来，一人而已。"谭献则谈及纳兰词的地位，在其《复堂词话》中云："有明以来，词家断推湘真第一，饮水次之。"而在《箧中词》中，谭献将纳兰与项鸿祚、蒋春霖并列，谓蒋春霖"与成容若、项莲生二百年中分鼎三足"。梁启超在《绿水亭杂识》中赞曰："容若小词，直追李主。"将比较范围又扩大到五代，认为其成就直追李煜。其实，作为普通得不能再普通的读者，我对纳兰词是单纯的喜爱，每一个字都是诗人感情的音符，他用这些音符谱写了一曲短暂却华丽的咏叹调。有人揶揄纳兰是不知疾苦的人间富贵花，只顾着儿女情长、无病呻吟。殊不知，这大富大贵的出身正是他的感情无可安放的巨大阻碍。因为门第悬殊，他被迫与表妹遥望银河；又碍于血统、身份，他和沈宛的交往始终无法名正言顺。或许正是碍

贰·思

于这些世俗的设定，才让他举步维艰、心力交瘁，早早魂归故里。所幸，他为这千疮百孔的人世间留下了一分纯净的痴情，任无数后人凭吊、慨叹。

就让我们以纳兰的一首《长相思》，暂别对他的相思吧：

山一程，

水一程，

身向榆关那畔行，

夜深千帐灯。

风一更，

雪一更，

聒碎乡心梦不成，

故园无此声。

# 青花缠绵

## 一

不能不说,方文山写词真是一绝!几乎没有哪个中国人没听过这首《青花瓷》吧?有一度我所在的小城整条街都在反复放着周杰伦那吐字不清的"中国风",我能捕捉到的就是"月色被打捞起/晕开了结局/如传世的青花瓷自顾自美丽",仅这一句已能勾起我对这小小瓷瓶的无限遐思,

贰·思

好想去一探究竟,那圆润的瓶身里究竟装满了怎样的故事!

青花瓷,又称"白地青花瓷",简称"青花",是中国瓷器的主流品种之一,始见于唐宋,成熟于元代景德镇的湖田窑,真正成为主流还是明青花的功劳,并在宣德年间发展至巅峰。明清时期,还衍生出了青花五彩、孔雀绿釉青花、豆青釉青花、青花红彩、黄地青花、哥釉青花等品种,但最受欢迎的还是原汁原味的白地青花,正所谓大道至简吧!

青花瓷的制作过程大体分为选料→制坯→画坯→烧制→冷却等诸步骤。每个步骤的用心程度决定了成品的呈现效果。若匠人只想着如何敷衍交差,从选料开始就马马虎虎,接下来的工作无疑是将错就错。所有与艺术相关的事物若缺了情怀的投入,至多只能称之为"产品",绝非"精品"。

从品质的角度看，真正绝色的青花是蓝要够蓝、白要够白。恐怕有人要举双手反对了，青花顾名思义就是蓝白二色彼此呼应，难道不是看图案的设计和描画的精致？而且过于明艳的色泽总给人轻浮之感，像是以色侍君的妃嫔，终究少了一分端丽的自信。我不是专业鉴赏者，赏析艺术大多还是出自世俗的眼光，那就是一见钟情，钟情的前提必定是亮眼。青花在浩瀚的瓷器海洋之所以成为独特的存在，就在于"白釉青花一火成，花从釉里透分明"，没有过多的点缀，通过蓝白两色的对比呈现出一种至拙至美的气质，因而纯正的颜色绝对是硬指标。至于那些质疑颜色明丽显得虚假的言辞，我以为过去碍于技术水平有限才致瓷瓶的色泽暗淡，很多珍品又因历时长久，难免显得"灰头土脸"，沧桑的光环反而为瓷身笼罩了一层神秘的美感。

贰·思

由于本身具有不可估量的历史、文化价值，古董的外形精美程度几乎不成为鉴赏其优劣的指标，越是腐朽暗淡越体现了它们重见天日的不易，人们爱的是它们承载的沧海桑田。艺术品则不同，美就是评价它们唯一的标准。制瓷技术早已今非昔比，完全有能力烧制出色泽纯正、明丽照人的瓷瓶，若无增值方面的考虑，仅仅出于美观的需求，当然要选"蓝要够蓝、白要够白"不掺任何杂质的，一如做人，光明磊落。这怕也是我钟爱青花的原因吧！

二

关于青花的典故并不多，有个传说不知大家有没有听说过。

元代某小镇有个制瓷的工匠叫赵小宝,他有个未过门的妻子叫廖青花。一天,青花问小宝:"这瓷坯上的花儿若能用笔画上去灵动鲜活的,不是更好吗?"小宝轻蹙双眉道:"我不是没有想过,也尝试了很多方法,但试了许多年却找不到一种适合描画瓷身的颜料。"

青花是个有心的女子,暗暗下定决心要帮小宝找到这种颜料,因此央求寻矿的舅父,让他带自己进山找寻合适的矿石。起初舅父百般不同意,总觉得那份辛苦绝非女孩子家能够承受,却禁不住青花的再三央求,勉强同意。翌日天刚放亮,两人便进山寻矿了。

转眼三个月的时光瞬息而过,天气日渐寒冷。小宝见青花和舅父还未归来,内心惴惴不安,便顶风踏雪直奔青石山寻找二人的踪迹。经过三天三夜的跋涉,他终于来到

贰·思

山脚下,发现山前飘过一缕青烟,心头一热就飞速朝冒烟的方向奔去。寻至山谷小宝才看清,那缕青烟是从一座坍塌的炭窑里冒出来的,便钻进其中,发现窑内一角堆满了各色各样的料石,再看另一侧还躺着一位衣衫褴褛的老人,身边堆着几段柴火,柴火上正冒着一缕缕青烟。这不正是青花的舅父吗?

小宝唤醒老人,询问青花的踪迹,只见老人抬起一只手臂,颤巍巍地指向远处。小宝顺着舅父手指的方向寻去,终在山间找到青花冻僵的尸体。只见她身旁的雪地上还堆放着一堆堆石料。小宝见状不由悲从中生,恸哭欲绝。他掩埋了未婚妻的遗体,搀扶舅父回返镇上。自此赵小宝潜心研制画料,终将青花所采挖的石料研成粉末,调制成颜料用笔蘸饱画到瓷坯上。经高温焙烧后,白中泛青的瓷器上出现了青翠欲滴的蓝色花纹,青花瓷由此诞生。

这是一个毫无猎奇感的传说,平凡到就像一则好人好事的宣传通稿,一个极具自我奉献精神的女子为了心爱的男子踏遍群山,只为助他一臂之力,香魂幻化成青花的清丽脉络。我却在故事里看到了最美的人间大爱。这种爱既纯粹又细腻,是一种让人极为安心的存在。这一点给人的感觉很像青花,绝不是五彩、斗彩、粉彩、浅绛彩、珐琅彩这般热闹得如除夕夜空般绚烂,而是一种兀自沉静的执着,对自己的信念坚定不移。纵然匠人们还别出心裁创烧出了青花红彩、孔雀绿釉青花、豆青釉青花、青花红彩、黄地青花、哥釉青花等琳琅满目的品种,但最受欢迎的仍是原汁原味的青花,人们仿佛就爱那千篇一律的青白二色抵死缠绵。据传宋徽宗一觉醒来竟不能释怀梦中雨后的天

贰·思

色,遂下了一道圣旨:"雨过天晴云破处,这般颜色做将来。"青花凭一己之力还原了这种梦幻的颜色。

天青色等烟雨

而我在等你

月色被打捞起

晕开了结局

如传世的青花瓷自顾自美丽

你眼带笑意……

你眼带笑意,在雪白的瓷瓶上化作最美的传奇。

叁

情

风花雪月的年少

划破手指

触摸文字

愁上眉头却在心头

山水有意

万物有情

轮回的暮钟

敲打出

千年一叹


江山自古

大字不变

点点星光

照亮来时的路

生生不息

周而复始

能量

是我的永恒定律

# 蝴蝶来过

## 一

我在一片混沌不堪中与美好不期而遇。

我曾经遭到命运的捉弄,感知不到幸福所在,行尸走肉般麻木不仁地活着。青春来临时,我的狂躁愈演愈烈,生命的旋律中好像突然有一个音符破碎,发出了巨大的颤音。

叁·情

冷漠的冰层下鱼儿顺水漂去

听不到一声鱼儿痛苦的叹息

既然得不到一点温暖的阳光

又何必迎送生命中绚烂的朝夕?

用诗人食指的这首诗来形容我那时的状态最为贴切。我如同一条在水里游动的找不到方向的鱼,晕头转向,看不到生命中哪怕一点点的阳光。

有人说琴音最能直抵人心。此刻,一阵美妙的琴音回荡在我的耳畔,我的生命转轮从此发生了改变。虽然我不知道这阵琴音来自哪里,有可能只是我自己的心。

我开始喜欢音乐,在家里戴着耳麦哼唱,但是还不会发颤音，喉结把那种功能堵得死死的。有人跟我说我的声音一点也不好听，可是我过于全神贯注，全然不觉。

于是这段琴音变成了心中的执念，为了它，我甚至爬上小城里那座废弃的最高的水塔。我曾一度想给市长写封信把它拆除。但此时我不得不承认，那座水塔虽然鸡肋，但仍然是一座有利的"瞭望塔"。

是的，它对我来说就是"瞭望塔"。我站在上面去寻找那些流动的音符。

当妈妈看到我爬到瞭望塔上时，吓得面无血色，也不敢叫我，直接打了"110"。消防员赶到，引来了一大帮人围观，救援人员第一时间在四周铺上充气垫。我狼狈地爬下瞭望塔，无论怎么解释都无济于事。在"110"指挥中心，一位心理医生陪了我整整一个下午，直到晚上七点，

叁·情

才让我回去。路上，妈妈拉着我的手痛哭流涕，说如果没了我，她也不想活了。

那次事件之后，整个小区的人都不约而同用异样的眼光打量我。我能跟他们说我听见了那让我一瞬间找到希望的琴音吗？不，我不能，他们一定不会理解。这个琴音留存在我心中，只有我能听到，在我找不到希望的时候我就能听到它，这个琴音是我唯一的希冀。我看他们时，他们便对我笑而不语。我的眼中永远没有内容、没有色彩，包括跟我妈妈说话。他们感到很奇怪，把我当成怪胎看待。我有一个属于自己的小天地，很少有人能够进入我的世界。

2003年的第一天，我做了一个奇怪的梦，梦见我骑在蝴蝶的翅膀上飞翔。我又在噩梦中惊醒。十年之后，我重回故乡，它就像海市蜃楼。我不敢想象它的前身，因为我怕支撑在身上的蝴蝶飞走。蝴蝶离开人群和花园，飞进我的梦魇，我看到它就好像看到自己对飞翔的渴望。我的蝴蝶正在追逐太阳，往我从未追寻过的方向飞去……

我好像看见蝴蝶向我飞来了……

我想要抓住梦里的蝴蝶，不断大喊。我的双手不断晃动，双腿剧烈颤抖，我感觉我梦里的蝴蝶变得越来越真实，它好像要带着我飞走，我想要抓住它，坚毅地追随着蝴蝶一同飞去。可是我追不到蝴蝶，我感觉自己无法呼吸，好像要死了。"蝴蝶，你在哪儿……不要离开我……"

妈妈听见我的呼喊，从另一间卧室跑来，摇着我的身躯："阿亲！你醒醒……"

"妈，我看到蝴蝶来过我家了。"我低声说。

叁·情

以前梦魇之后,我都昏迷不醒,醒来后就丢掉了灵魂,眼珠不能转动,但这次没有。我躺在床上,蝴蝶变成极速电脑,思维变成敲击的键盘。我游离在大脑的网络,寻找渴望的影子。蝴蝶飞走了还会再来,但都不会永恒,只会成为历史。我开始掉眼泪,梦开始转动,我终于冲出了自身的极限!

在这之后,我认识了比利。我们的相遇充满了奇幻色彩。

在鲁迅公园,一群老年人在大合唱,他们满头白发,但精神抖擞、气宇轩昂。跟他们比起来,我反而像个老人,颓废、无聊、寂寞。我不懂音乐,只是倍感无聊,我单调的心需要有一段时间用来消遣打发,比利也在那里,她看我拿着冰激凌，目不转睛地看他们彩排，以为我懂音乐，对我产生了好奇。于是，她开始跟我搭话。

作为"00后"的比利，像一只蝴蝶，飞进我的世界。奇怪，我认识她的时候就是这样认为的，明明当时还没有跟她有交流。她的皮肤特别白，看上去像是欧洲人，混合着妖媚的美，但当时我没有领略到，就没有感觉，只是认为她会让我领略一些与过去截然不同的风景，让我的生命从此发生意想不到的改变。我印象最深的就是她那双丹凤眼，非常有亚洲人的魅力，亮晶晶的，眼里好像有一束我从未见过但又很灿烂的光，好像我在梦里见到一样。

她说，她刚刚高考结束，正在放暑假，她要去上海看看她报考的上海外国语大学。我们就是这样在鲁迅公园相遇的。

比利说，那时的我像个邋遢少爷，穿着干净的白衬衫黑裤子，头发却油光光的。母亲不想让我变成别人眼中的傻子，总会这样给我打扮，不厌其烦。我坐在石凳上吃冰激凌，只是吃，哈喇子流到了地上。

她好奇地问："你高考结束的暑假，在忙什么？"

我反问，"那个暑假我在打零工，你信吗？"

"打零工？"她睁大了眼睛，看了看我的手，充满困惑地说，"你皮肤那么白，不经风尘的手，一看就是泡在牛奶里长大的孩子啊！"

我忍不住向比利说起在星巴克打工的故事。那段高中的时光对我来说极其珍贵，那年我20岁。高甜的泡沫剧一直霸占着电视台的黄金时段，网络小说排在前列的都是不虐心的甜文。每天，催人起床的闹钟、上课的铃声，要准点去学校食堂吃饭……虽然当时我很讨厌这些按部就班，但同时也还有一些愿意与我聊到深夜的同学朋友，以及让我的青春变得灿烂的那个"她"。也许我当时还很讨厌上学、讨厌上课、讨厌作业，但有这些陪伴走过青葱岁月，总会感到枯燥的生活比过去多了一点点色彩。

我原本以为自己再也没有机会和过往那些人相遇了，可也许是缘分吧，命运总要安排他们之中的一些人向我挥手，让那段回忆重新跳入脑海，再度温暖我的日子，与我一起再次走入后续的时光，虽然我们只能同行短短的一段路。

还记得那时，我和初中一个叫"河马"的女生久别重逢。我在星巴克工作，穿着褐色的工作装，穿梭在拥挤人潮中，一眼就看到了她，看到她就仿佛看到我的青春回忆。

"你——"

"啊——是你呀!"

"哈哈……"我和她突然都大笑起来,我也把自己服务生的形象抛之脑后,"不好意思。"我说。

"我忽然发现你变得很有礼貌了。"她眨着眼睛端详我。

"我……我之前很没礼貌吗?"

"你在初中的时候,追着叫我'河马',让我好没面子哦!我真的像吗?"

我面对她仔细地端详了一下,顿了顿,说:"还是像!"

"要死——"她忍不住大笑,敲了一下我的胳膊,早忘却了淑女的形象。

就这样,我加上了她的微信。一天傍晚,我和她促膝长谈,聊到军训,她向我吐槽他们军训时间长得要命。我静静地听,边听边想象着她穿军装的可爱模样,不禁失神。我喜欢听她讲述过去的故事,时间为我们描绘出彼时清纯的模样。那段时间,我们经常互相打趣,就这样一来二去互相吸引,最后走到了一起。她本来比较喜欢喝奶茶,自从和我在一起,她便开始尝试喝咖啡。为此我还特别兴奋、特别得意。我工作的地方有一条种满梧桐树的短街。我们经常在那里约会,总让我觉得很浪漫。再后来,我们之间出现了矛盾,经常吵架,两人都想着要战胜对方,没人愿意先低头。吵着吵着,不满和不悦越来越多,最后不吵了,也无话可说,就这样分手了。我孤单、寂寞、无助,在岁月的长河里漫无目的地寻找她的痕迹,想把她的一切狠狠存入我的记忆,如果有一天能再次看到她,我必定紧紧抱住她,不让她离开。就这样,我神魂颠倒了很长时间,每

叁·情

次走上那条梧桐树短街时，还会想到在那里居住过的一位诗人，他总是写一些浪漫的小众诗歌，可最后也在历史的长河里慢慢老去，爱而不得，终年不娶，陪伴他的只有那一行行孤芳自赏的诗句。分手之后，我也成为一个如他一般爱而不得的人了。

直到最后，我才终于明白，分开是我和她之间的必然结局，但相遇即是缘分，应该感恩。

比利听完我的故事，似懂非懂，自言自语道："青春不再，斯人刻心。"

青春时代，我们青葱懵懂不畏天高，这是一段珍贵的回忆，却也是一段失而不能复得、一去不能复返的经历，也许再来一次我还是会被她吸引，还会做出一些看起来很幼稚却只有当时才可以体会的事情，充满留恋，但那终究已经逝去。她终究还是渐行渐远地离我而去了。

一时间，我们无不感慨万千。

冰激凌快吃完了，一不小心沾到了手上，可我没有带纸。这时，比利笑着递给我一块纸巾，我拿着擦了一下又顺手还给她，看都没看她一眼。

"喂，你怎么那么没礼貌，谢都不谢我，还让我扔纸巾！"

"谢谢。"我抬头看了看天空说。

"嗨！你妈没教过你怎么待人接物吗？"

"没有，我妈只教我写字，只给我讲活着的大道理呵！"

"哦，那……我来教你吧！"

"你？"我重新抬起头审视着那张干净的面孔，总觉得

叁·情

和她之间还会发生很多让我以后印象深刻的故事。她好亲切，我好像在哪里见过她。

"对呀，你先看我，看着跟我说话，会吗？"她慢条斯理地说。

我看她，一直盯着她看了老半天，然后问："是这样吗？"

"你这样看着我，觉得我漂亮吗？"

"不知道。"

比利盯了我好久，红着脸说："你真笨，以后你每天来这里，我教你，好吗？"她走了几步又回过头来对我嫣然一笑，"我教你怎么追女孩子。"

她那好听的声音就这样落入我的耳中，我又失神了。我在她身上好像看到了一束光，一束让我迫不及待想要拥抱的光亮。我似乎好久都没有看到这样美丽灿烂的光了，这光芒让我想起梦里不断见过的那只蝴蝶。她真的好像那只蝴蝶，那只我不想失去的蝴蝶。

后来，我和比利又在老地方相遇，我还是吃着冰激凌。比利笑了，问我在大冬天吃冰激凌会不会冷，我说："我母亲说这样可以击死脑细胞的活化。"

"什么！你母亲要你变成痴呆？怪不得你那么不开窍。"

"我母亲怕我大脑里的念头太多。"

"哦，我懂了，人不能太聪明，否则对自己没有好处。"

"你说我聪明？就你一个人说过我聪明。"

比利叹了一口气，说："小朋友是明天的大人，大人是昨天的小朋友。处在孩子与大人中间的青春，真的只有那么几年，一旦青春期过去了，就再也不能回去。"

叁·情

说这话的时候，比利抬头看向天空，然后又回头对我微笑。她总能把我带入另一个奇妙无比的世界，在我灰暗的记忆里点上淡淡的蜡烛，虽然还是很微弱，但对我来说早已足够。我就这样看着她的微笑，不禁被这样温暖的她所感染。我想，这时遇见她，即使没能走到一起，即使留下了无限遗憾，也是人生的一大幸事，没有什么能比认识一个能懂得自己的人更好的事情了。

我们默默坐在鲁迅公园，看老人们跳着广场舞。我们忘记了时间，坐在那里，时间好像静止了一般。

"我们都会老去，谁也不能逆行，只能顺着这条道继续走，一直走，哪怕你睡着了不想醒来，时间也会把你推向这条道路的终点。"比利呢喃着，眼神迷离，"毕业就是拍上一张大合照，将集中学习的生涯暂停一下，迎来新的学习。也许时间匆匆，来不及增加一些仪式感，甚至连说再见的机会都没有。"

　　时间转眼来到第二年夏天，连我自己都没意识到原来我和比利已经认识了那么长的时间。某一天，她不顾炎热拉着我的手，来到甜爱路。这是对于当时的我来说最放松快乐的时刻了。甜爱路，寂静而舒缓，甜蜜而浪漫，疯狂而愉悦，两颗心在慢慢靠近，我和她的记忆也随着我们走远而逐渐填满。我们就这样手牵手走着，这条路好像没有尽头。我好想就这样走着，走到时间的彼岸，一刻也不愿撒手。谁的青春都是这样，做点幼稚的事情，哭上几次，学习书本知识，学着一生都能用到的道理，也尝试着偷偷喜欢一个人。一刹那间，我好像回到了那段青葱岁月，不

叁·情

同的是,以前是我一个人走,现在我的身边有了比利。她是我青春时代见过的最真的一个,是我见过将"学习和享受两不误"践行得最好的一个,同时也是我心中那只最漂亮的蝴蝶,我也很想成为一个像她那样的人。

有一次,我用苏州话问她:"倷苏州长大的,怎么没讲过一句苏州话?"我非常好奇这件事。

"我妈妈是苏州人,我爸是英格兰的。"

我和她都属于苏州,但她同时还属于欧洲,我同时还属于上海。

就这样从这个话题开始,我们吵吵闹闹了很久。我不太会说话,有时候本意是好的,但是对方并不能理解我的真实想法,跟比利说话也不例外,我们也是这样吵起来的。

现在想想,我对比利心怀愧疚,但也知道,无论如何,我还是对比利心存好感。

"只要你妈妈同意,我带你去苏州玩,然后一起回上海。"

她这样对我说道,眼睛里闪着光,亮晶晶的。我又开始觉得她很像一只蝴蝶了,一只在童话里才会出现的蝴蝶。我的心都好像被蝴蝶包围住,安心而温暖。我时常想用手将她这只蝴蝶好好地捧在手心,想好好守护她的心灵。

我仿佛看到了蝴蝶的眼睛。

## 二

有一天,比利一早就打来电话,说要去我家,让我在门卫那里等她。

叁·情

我说:"我家可一贫如洗啊!"

"我又不是嫁给你。"

"哈哈,你不怕就来吧!"我发觉我的嘴角竟然露出一抹笑意。

"嘿,这世界上还没有我怕的呢!"

我们如约在我家见面,那天天气很好,天朗气清,风和日丽,她穿着休闲运动装,我穿着白衬衫和黑裤子。我带着比利走进小区,大家都很惊讶,惊讶于我竟然也会带着这么漂亮的女孩回家。比利笑了,没有想到我这么安静的人也会有这么大的吸引力。

"阿姨您好,我是比利!"比利跟长辈打招呼时大大方方的,一点也不拘谨。我母亲很喜欢这样活泼的女生。

母亲慈祥地笑着:"你好比利,你真漂亮!"

"不,阿姨,你也很美,很美,真的!"比利看着我母亲说。

"谢谢。希望你们玩得开心!"

我们都闲不住,便想出去散散心。她那天很兴奋,紧紧拉着我的手蹦蹦跳跳的。我感受到了很浓的春日气息,阳光照耀在我们两人的身上,彼此都感到无比温暖。我们身边有很多美好的景色,可我已无心看风景,于我而言,在身边蹦蹦跳跳的她便是风景。

因为怕母亲担心,我们并没有走多远,就在家附近玩闹。母亲就站在阳台上,一如既往担心我的状况,始终在那里注视着我。她现在估计也无法确定我的情况有没有好转。她知道我和比利一直在一起,想阻止我,可见我每次和她在一起都很开心,就又改变了主意。今天也是,她确认我很开心之后才从阳台离开。

我们没有在外面玩多久，就回家了。

我家墙上挂着一幅富有年代感的全家福，回到家后，比利的目光一直都没从那张全家福上移走。她看着它，思绪飘飞，想到了很多刻骨铭心的往事。她想到自己认识的第一个男孩子。她和那个男生是在音乐工坊偶然遇见的。她每天都要去学钢琴，那个男孩则学吉他。他们两个目的地不一样，却总是很有缘分地在同一个地点相遇，有的时候还会异口同声地说一样的话。他们总是在一起谈天说地，从学习到生活，从音乐到梦想。日子久了，他们便相约前行，步调都渐渐一致起来，也开始随着社交圈的深入慢慢了解对方。男生从北方来到南方读书，有些许不适应，也没有人可以倾听他讲述自己的日常故事，感到很寂寞。比利是他那会儿孤独生活中唯一的同行者。他喜欢会弹钢琴的女孩子，认为会弹钢琴的女孩子一定像童话故事中的公主一样美丽。他们就这样一直保持着亲密接触。后来，男孩子以他们的故事为原型写了一部小说发表在校刊上，引发了不小的轰动，却也让他们成为众矢之的。老师觉得他们都把时间浪费在了没用的时间上，试图阻止。最后，他们的感情也因为各种各样的问题不了了之，两人慢慢走散，这段经历也从此变成过往，虽然美好，也留下了太多遗憾。如果有机会的话，至少可以和对方多说几句自己想要道破的言语。可惜机会只有一次，散了就是散了。青春永远不会回来。

比利轻描淡写地描述着自己这段故事，仿佛她并不是故事中的主角,而仅仅是旁观者。她感叹于当时自己的老师没有用心守护他们的梦想,反而把这段往事狠狠打碎;也感叹于我的母亲一直尊重我的梦想,支持自己的孩子。

我一直都在想,如果这段故事没有遗憾就好了,可是没有遗憾,她也不会对此如此念念不忘,时间更不会转移到我这里。同时,我也一直在思考一个问题,那就是长大之后,我们到底算大人还是小孩?我们总是在思念过往,很想变回小孩;也总是在期待未来,时常会盼望能够变成大人。后来,我们都长大了,可心中的小孩总在我们认为已经长大成熟的时候,调皮地探出脑袋。那时,我们才发觉,原来每个人的心中都有一个小孩,只是被我们习惯性地忽略了。我们还会想能不能不让它出来,可越是这样克制,它越调皮,越会频繁地出现,让我们措手不及。所以,还是不要再去思考什么时候它才会不出现吧,也许没人知道保持最初的单纯是多么不容易。况且,我喜欢比利这样干净的女孩子。我在心里默念道。

看着比利安静地站在那里,我好奇她是不是也想到了我刚刚想到的东西。半晌,她才开口说话,对我感叹道:"你的母亲真伟大!"这是比利——一个另类的女孩对我的母亲——一个属于上一代传统而又美丽的妇人发出的由衷感叹。

奇怪,虽然刚刚我想到了那么多东西,可面对她的感叹,我还是一句话也没有说出来。也许我当时年纪尚小,尚不足以理解母亲对我的全部念想。我不知道该怎么跟她说出自己的想法,也许她无法理解。我在想,或许母亲只是在怀念她年轻时代的种种精神,又或者只是在传递一份母爱吧！不过没关系，能让比利知道我过去的经历就很好了。

比利的确是知道这些的。她去过我家，而且去了不止一次，我的母亲和外婆都很喜欢她。我跟她说过我的家庭情况。父亲是一个传统而又现代的上海人，很早的时候我的父母便离婚了，之后，由母亲带我，父亲把一套房子给了我们，同时每月给我们一些生活费，就离开了。现在想想，也许是这段经历塑造了我的性格。母亲也跟她讲过我的故事。她知道儿子的情况，害怕比利会对我莫名其妙的行为感到奇怪，甚至是讨厌我，也很感谢比利这段日子一直陪伴在我身边。比利很认真，耐心地听我母亲讲了这些事情。她也跟我母亲说不用担心，她觉得我只是脾气和思维跟常人不一样而已,她可以接受。母亲这才放心。再后来,比利也见到了我的外婆。那次,我们带着母亲给我们的崇明岛粟米糕过去。外婆特别欣慰,觉得我长大了,然后,她看见了比利。外婆一看到她就很喜欢,连说了三声"好"。比利要走的时候,外婆一直在挽留她,我还从来没有看见过外婆这个样子呢!

外婆家有小巷,有小桥,有所有你能想到的苏南景色。比利跟这样的苏南景色融合得很好,她作为苏南女孩的诗意不止一次地把我惊艳到。外婆对我很好,总是站在小桥上迎接我。小时候一旦下雨,小巷里便充满了积雨,小巷悠长悠长的,一眼望不到边,走进去就好像是鸭子在四处漂游,而我很喜欢漫无目的地在这样的地上游走。因为不会有车子开进来,我的家人都很放心我独自在这里玩耍。

叁·情

那天也是，我并没有在比利面前伪装自己之前的喜好，仍然自顾自地玩耍。比利穿着我喜欢的一身衣服，是一件灰底绣满雪莲藕的水乡服，一双绣花鞋，衬托着她的腿细细长长的，就这样静静地看着我。我特别兴奋，把舌头伸出来想要接受屋檐的雨水，永无休止地玩着自创的游戏。

那天台风很大，我们的伞架子都断了。我在玩，她在看，在雨里沉默，任由雨水滴落脸颊。

后来她走的时候，我感觉自己好像做了一个梦。她抱着我，闭着眼睛，嘴唇贴在我的脸上，蜻蜓点水般的温柔，还有一种蜂蜜流下的甜蜜。我还没来得及回味这种感觉，她就蹦蹦跳跳地离开了，绣花鞋在积水的巷子里踩得"吧嗒吧嗒"响，每走一步，都好像有一朵儿丁香花在盛开。

我至今都怀疑自己当时可能是在做梦，她亲吻我的触感现在仍然在我的唇边徘徊,让我念念不忘。被她吻过之后,我感觉自己像是喝醉了酒一样,激动得摇摇欲坠。比利对我来说太重要了。她是那么温柔,在所有人都不理解我,甚至非常冷漠的时候,她对我的美好显得尤为珍贵。我很想让她在我身边停留的日子久一点。

当然,我也去过比利的家。那是一幢非常豪华的建筑,至少,比我们家豪华多了。那是一幢洋别墅,别墅里还有泳池。我从来没有见过这样的建筑,一下子被惊到了,呆呆地站在那里一动不动。他们家也很开明,见我来了很热情地迎接我,也没有说更多的话,总之没有怀疑过我的任何东西,跟我记忆里的苏州家庭大不一样。比利邀请我到她的房间去看看她在各个国家拍的照片,其中还混杂着一张苏州的照片。我没注意,辨别不出这张照片上的国家,就问她:"这是在哪个国家拍的,这么风情?"

"我们苏州呵,你真是个笨蛋。你看,东方之门、苏州中心、金鸡湖……"

这是苏州吗?我惊了,好像从来没有看过如此美丽动人的景色。照片里,苏州夜街充满霓虹灯光,跳跃着所有美丽的倒影,如同流动的七彩河。我陶醉了,陶醉在这样漂亮的风光当中。虽然只是照片,却让我有身临其境之感。

我的梦里还是经常会出现蝴蝶。我总是做噩梦,本能地想要逃离蝴蝶,蝴蝶跟我之前逃离人群的梦没有任何区别。梦里,我时常慌张,不时半夜尖叫。别人都认为我是个傻子,只有比利不这么认为。我跟她聊天的时候时不时还会显露出厌烦的情绪,有些开玩笑的意味,但更多是在她身上汲取我之前从未有过的安全感。她总是叫我不要乱想,不要说那么多容易破坏情绪的话,说的时候反而是她的情绪很激动,还总是紧紧抱着我。我感到她比我想象的还要珍惜和我在一起的日子。她总想带我出去,只要是跟我在一起,做什么都可以。她希望我能看看外面更多美丽的景色,觉得外面这么美好,如果我不去看看就太遗憾了。她不想给我的生活带来遗憾。

  鱼儿临死前在冰块上拼命地挣扎着

  太阳急忙在云层后收起了光芒——

  是她不忍心看到她的孩子

  年轻的鱼儿竟是如此下场

  鱼儿却充满献身的欲望

"太阳,我是你的儿子

快快抽出你的利剑啊

我愿和冰块一同消亡"

真的,鱼儿真的死了

眼睛像是冷漠的月亮

刚才微微翕动的鳃片

现在像平静下去的波浪

……

  我很怕比利离开,真的。虽然她总让我以为她不会离开,她的离开会让我无法适应,对我来说,就是一种磨难和考验。

我们一起去过很多地方。我们去金茂八十七层旋转餐厅吃自助，去"凯莱"、国际饭店吃大餐，去日本店吃料理，去韩国店吃泡菜。我和她互相关注了对方的微博。通过我的微博，她知道我一直都很想去台湾，台湾也算是我的一个执念，我不知道何去何从的时候就想去台湾看看，感觉这片岛屿又远又近。我和她聊天时经常提起台湾，那里寄托着我的爱国情怀。于是，有机会的时候，我便和她相约一起去了台湾。我们来到当地餐馆，喝着红酒。这个餐馆真是太有趣了，灯红酒绿的氛围很容易让我们忘却一些烦恼，很容易就将自己埋藏在心底的话语倾诉出去。我们都喝醉了，开始聊一些有的没的。

她笑着问我，"阿亲，感觉味道怎么样？好吃吗？"

喝了酒的女生，脸上会呈现一种原生态的美。我看到比利的脸蛋泛着红晕，有些妩媚。她不由自主地笑了，笑声里夹杂着活力与野性。我又出神了，半晌才回答道："我感觉太淡了，台湾和我们一脉相承，味道怎么这么不考究？我还是喜欢和你拥抱的感觉，那种感觉比吃好诶！"

秀色可餐，也许就是这种味道。很神奇，当我来到心向往之的台湾之后，居然没有记得多少台湾美味的菜肴，只记住了这段奇妙的对话。

就这样，我们昏昏沉沉地聊了很久，不知道怎样开始，也不知道如何结束，只知道那天她抱了我。我回答她抱我的感觉比吃好，大概是因为我那会儿已经沉醉不知归路了，只记得有她陪伴在我身边吧！

从我认识比利的那一刻起，就觉得她像一只蝴蝶。后来她跟我聊天的时候也说，她愿意做一只微醺的蝴蝶，自由自在地翩翩起舞，不受任何世俗的束缚。这完全符合我对她的印象，甚至比我期望的还要美丽。她有我一直想要活出的样子。有一次，我在街头游走，看到一只蝴蝶，并本能地把那只蝴蝶当成是她，疯子一样地想要去捉住它。可我还是失败了。蝴蝶总是要飞向天空的，总不能永远活在常人的世界里。当时我安慰我自己说，蝴蝶虽然飞走了，但是比利还在。她舍不得离开我，她会一直陪着我的。

　　我总是跟她说，觉得她像我的外婆。我总爱说一些旁人听不懂的话，可是比利好像跟我有心电感应，每次都能理解我的想法。外婆是一个对我来说比较重要的人，她很疼爱自己的外孙。外婆的目光总是追随我而来，让我感到无比温暖。看到外婆，就仿佛看到了我的归宿。我认为比利像外婆,大概也是因为她给我的温暖如同当年外婆给我的一样吧!冬天的时候,比利给我织了条围巾,我也买了一条围巾送给她。她笑我傻,说我傻得实在没有第二个了。我知道她在上外读书时经常会围着我送的围巾,而我也还是保持着一年四五次的频率去走曾经的路,毕竟这条围巾蕴含了我们的回忆。可能,这段回忆对我们来说都是非常重要的吧!

当时,我非常喜欢读诗人食指的作品,大概是受到了母亲的感染。她喜欢食指以及食指诗歌的风格,可能是因为他们同为插队青年,很有共鸣。我最为喜欢这首:

一片杂草丛生的荒园

坟头仅仅是几抔黄土

这就是我祖祖辈辈的陵园

　　长年也无人看管守护

　　活着的时候备尝艰辛

　　就连死后也如此凄苦

　　我激动地热泪夺眶而出

　　一阵风带来奶奶的叮嘱。

父母离婚之后，一直照顾我的便只有母亲。母亲为了调整我的心态，给我静心的生活，带我一起投奔新的城市。小时候，母亲总是背着我往家走。她的背永远是暖暖的，我趴在上面，就忘记了周遭的一切，把烦恼忧愁全部置之度外。母亲时常跟我念叨食指的诗歌，尤其是这首：

人生一世,草木一秋

孩子,这是你最后的归宿。

可想而知,母亲对我有多重要,她的喜好对我影响尤为深刻。我喜欢在阳光下阅读食指的诗歌,每次阅读时我的神情都很严肃,生怕自己无法读懂他的作品,也怕自己不够专心的阅读会玷污了诗歌的情感。久而久之,我的性格也被食指的文风所感染,变得不苟言笑,同时心态也慢慢变好。这不得不说是食指的力量。

比利跟我有同样的喜好,她也喜欢文学,喜欢食指,这着实让我很惊讶。因为食指是一个小众诗人,在我认识的朋友当中,几乎没有人认识他,他的文字总是流露着一丝叹息,让我倍感共鸣,因为那时的自己也是这样一个状态。他那富有哲理的诗歌总是让我感同身受。我很珍惜比利,她让我的喜好有了一处安放之地。

当我跟比利讲述这些故事的时候,她觉得难以置信,说是我在骗她,因为这些故事都极具戏剧性。她觉得我的经历也太奇妙了,便给我出主意,让我在网络上写点小说什么的。我也确实这么做了。那时,我几乎天天都趴在电脑前面写文字,作息非常不规律。母亲也很支持我,决定陪着我。于是,她也白天睡觉,晚上在一旁陪我上网。有母亲的陪伴,我安心多了。后来,比利也经常到我家来帮我写东西了。每次一起写东西时,我都非常愉悦,这对我的写作非常有利,我总是会捕捉到自己之前从未觉察到的灵感。我慢慢发现原来在网上抒发自己燃烧奔腾的感觉是

叁·情

多么富有激情,就越来越爱在网上写作了。比利看见我现在这个样子,感到非常欣慰,无比开心,便在我的脸上轻轻吻了一下。

有的时候,比利还在学校里上课,没有时间到我家,我便去上外找她。她总在弹钢琴。我看见她费力地打开琴盖,使用细腻的踏板,一首美丽而悠扬的旋律便流淌出来,流入我的耳畔。我虽然不懂音乐,仍然可以听出每首乐曲的基本旋律,或悲情或深沉;或愉悦或动人。我身临其境,脑海中跟随她的琴音不断想着对应的情景,想着想着便不自觉地把心中的秘密诵读出来。每到这时,比利就暂时把弹钢琴的事情放在一边,静静地听我诉说。她觉得很不错,不由自主地给我鼓起掌来。她说:"很好,你把它写出来吧!"

有一天,比利从我家出来,很严肃地说:"阿亲,你不觉得你的母亲已经为你付出了一切吗?"

"我知道。"我有些不好意思。

"你应该学习一样东西,有一技之长,将来你母亲老了,走不动了,你父亲也老了,没法资助你们的时候,你也可以养活你的母亲。"我又不知道说些什么好了。比利滔滔不绝,"你成天没什么事做,有点神经质,又喜欢看书,写作就可以是你的一技之长。多好啊,我觉得你可以试着学习一下写作,也许你写出来的东西会比现在更好。写作是一件很美好的事,它可以让你忘却自己,沉浸在故事里,同时还能感知到别人的欢乐和痛苦。这样,你所认识的就是两个世界啦!"

叁·情

后来，她带我认识了很多她的作家朋友，木木就是其中之一。

"嘿！"木木是一个高挑的女孩。她老远就看见我们，朝我们招了招手。

"木木——"比利高兴地过去抱了她一下，然后回过头来对我说，"美女作家。"

我对她笑笑："久仰！有机会向您学习！"

"我朋友，喜欢文学，以后来拜访！"

"好的。"木木应道。

我们总是去拜访木木。木木最开始很不相信我们会真的过去找她学习文学，但她从我们的眼中读出了认真，还是决定教我们。比利和木木一起聊天，聊到比利现在的男友阿然，是她高中的男神，也很会写作，是一名作家兼记者。

比利一边从甩在胯部的包里拿出一瓶经典红酒放在柜子里，一边生气地说："这死鬼，在广东寻欢作乐的，哪还想到我呀！"

"广东那边，听说疫情很重，叫你男友当心点。"木木说。

"真的？！我好久没看电视了，他得了才好呢？关他个十天八天的！"

接着，木木才开始讲文学。她跟我说写文章要真实，要以自己真实的故事为基础，尤其要写出自己真实的情感，并提醒我可以尝试写写自己对母亲或比利的感觉。说到比利时，她的眼神有点暧昧。

比利见我完全听不懂，就笑起来："你别吓着他，还是个透明的……"

她后面的话还没说完,木木就接话道:"不会吧,要不要我来开掉他?"木木开玩笑地说。

我还是不懂,感觉很神秘,但隐约感到她们正在谈论的内容与我有关。

"去死!"比利笑着说,"如果可以,还轮得到你呢!"

后来,她又带我去见她男友的朋友,是一些另类作家,还有一些比较严肃的正统作家。他们还说到了食指,只是轻轻带过了一句,我很伤心。除了食指的诗,我没有读过多少文章,所以不知道他们都在说些什么,也不知其他风格的文章应该怎么写。后来我们去网吧,在网上也没有找到多少食指的信息,想来人也不能一直都活在过去的东西里,不能自拔,总要一直前行。"七分的聪明被用于圆滑的处世／终于导致名利奸污了童贞／挣到了舒适还觉得缺少了点什么／是因为丧失了灵魂，别了，青春。"食指也知道这样的道理，那么，我又何必与世人耿耿于怀？渐渐地，我开始进入了全新的生活，与网络作家聊天，看网络小说、网上评论。读食指、聊食指的时间渐渐少了，我也去试着读一些其他作者的作品，开始尝试去理解了。虽然当初我也是这样生活的，但当时还没有跟着木木一起学习文学，也没有试着学习其他作者的作品，总要差些。

这个时候，疫情开始肆虐，全国各地都陷入了紧急的防范中，气氛一片焦灼。网吧等娱乐场所全部关闭，公共场所开始戒严。大学也关闭了，比利从学校躲到家里。我不能再与比利见面了。当时，她帮我设置了一个网站，为了煽情，网页的序言是这样设计的：

我是一个透明的孩子,

注定有一天在空气中消失,

如果愿意,

就来拿吧,

我可以什么都是你的。

不能见面的日子里,我们在这个网站上聊天。比利给我发了一段很抒情、很食指的话:

离开脆弱的轻响,让太阳的灵魂蒙上阴影吧!透明的食指怀着热望来到尘世,而他的灵魂蒙不上阴影,所以他的终结只有离开充满灰尘的尘世,你正好应该和食指颠倒过来……我相信你!

她最后敲击出"我相信你"这四个放大的立体字和一个感叹号,她的情绪通过这个激动的文字就能被我感知到。我不禁感叹道比利真是一个值得交往的朋友,直到这时还想着用食指的诗歌来安慰我、鼓励我。现在回想起来,也许比利跟我一样,也是一个透明的孩子,只不过,她的压抑没人可以从表面上读懂。其实,这将比我现在更加心酸,比利的坚强让我感到很心疼。

后来,我们得知比利的男友阿然被确诊了新冠肺炎。我想起有一天我和比利一起去木木家里聊天她们所说的话,没想到现在竟然一语成谶。大家都很紧张,比利更加紧张,很担心,想去广东看看。

有一天,比利突然来到我家,她要在走之前把电脑送给我。她来得很匆忙，脸上的脂粉有化开的痕迹，还来不及补妆。她摘下口罩，语无伦次，非常着急，可我一直都没有说话，不知该怎么劝她。我知道她很担心，她说的那些话可能是对我最后想嘱咐的东西。

在我家待了没多长时间她就要走。当我看到比利准备下楼的时候，酸楚一下子奔赴心头。我知道我以后有可能再也见不到她了，就本能地从背后抱住她。比利转过身来，把口罩摘下。我们在母亲眼皮底下肆无忌惮地拥抱。让我好好拥抱比利一次吧！那一刻，我百感交集，我留恋、不舍、遗憾，想对她说很多话，可是一张嘴却什么都说不出来。我看到比利的眼泪，这是我第一次真正看到她的眼泪，有可能是担心男友，也可能是遗憾于她没有和我待多长时间就要离开。时间在我们之间又一次静止，但比利不是比利，她现在变成我梦中的那只蝴蝶。不过刹那间，我还是感受到了她身体的温暖，这是世界上最为美好的东西。

我轻轻地放开她。

岁月悄无声息地慢慢向前走着，日月星辰也在不断更替。不管日后我还会经历什么事情、遇见什么样的人，比利的样子都已深深刻入脑海，就像回到故事最初的开始。

我望着楼下慢慢消失的比利，仿佛看到比利展动着蝴蝶的翅膀，渐渐飞远……

我之前在街道上看见蝴蝶却没有抓住的事情好像在当下正在应验。没想到她真正要走的时候，我是这种感觉。我们未来相遇的时间遥遥无期。她真的要走了，这些都不是我可以通过自我安慰能够改变的事实。

现在，我在网络上有了一定的人气，很多读者都喜欢看我的作品,他们也追着看我写比利的故事,知道我很想比利,都想帮我寻找比利。可是什么消息都没有。我想要快点结束比利的故事,以便开始属于我的新生活。疫情已经肆虐很久了,现在也慢慢好转了,可是我还是记得比利最后一次见我的样子。

我们最初相遇的上海,不是艳阳高照、择一城终老适合生存的地方,而是梦中一隅,承载着太多美好的回忆。我在那里长大、立业、终老。有些人虽然走了,却不会忘记,永远是我心中印象最深刻的记忆,难以磨灭。

有些东西不必拥有,就可以永生得到。

祝愿比利一切安好,谢谢她曾经带给我这样一段难忘又有趣的经历。我会按照她所期待的那样,一路前行。希望比利也是。

蝴蝶来过,就足够了。

毕竟在这些地方,仍然留有蝴蝶来过的痕迹,依旧美丽。